Le premier film de ma vie

Du même auteur, dans la même collection :

L'été des jambes cassées
L'hiver des gros ventres
Kmille fait son blog

Cécile Le Floch
Illustrations d'Isabelle Maroger

Le premier film de ma vie

À mes amours, toujours.

ISBN : 978-2-7002-3786-3
ISSN : 1951-5758

© RAGEOT-ÉDITEUR – PARIS, 2010.
Tous droits de reproduction, de traduction et d'adaptation
réservés pour tous pays.
Loi n° 49-956 du 16-07-1949 sur les publications
destinées à la jeunesse.

Une idée trop géniale !

Il faut que je vous confie un secret : ma mère a souvent des idées bizarres.

Par exemple, elle a lu dans le dernier numéro de *100 % femme* qu'il était facile et économique de couper soi-même les cheveux de ses enfants.

Évidemment, elle a testé. Et devinez sur qui ?

Pas sur les jumeaux. Sous prétexte qu'ils gigotent sans cesse et qu'elle avait peur de leur tailler les oreilles, elle a essayé sur… moi !

Résultat, je ressemble à un garçon. Un garçon qui aurait raté sa coupe.

Non seulement ma frange est de travers, mais en plus elle est trop courte. Ce qui m'empêche de me cacher derrière mes cheveux lorsque ma maîtresse, Mme Flavio, fixe la classe de ses gros yeux à la recherche d'un élève à interroger.

Pourtant, maman qui a des idées trop nulles en a parfois de trop géniales !

La preuve, cet après-midi en revenant de mon cours de piano, je la trouve en grande conversation avec deux inconnus dans le salon. L'un d'eux semble immense même assis dans le canapé, l'autre porte un pull bleu et jaune horrible et beaucoup trop chaud pour la saison. Leurs regards se tournent vers moi, le frileux se lève et m'adresse un signe en disant :

– Salut mon bonhomme !

(Vous voyez que je n'exagère pas lorsque je prétends que maman m'a loupée !)

Avant que je ne réplique, elle me presse contre elle en annonçant :

– Je vous présente Léa, ma grande fille.

Puis elle me pousse vers l'escalier.

– Va surveiller tes frères et ne discute pas, me glisse-t-elle.

Je ne suis pas du genre à discuter en général. Cependant, là, elle a bien raison d'ajouter « ne discute pas » parce que l'idée de m'occuper de Tom et Téo ne me motive jamais.

Chose totalement compréhensible lorsqu'on connaît mes frères. Comment vous les décrire ?

Vous voyez la personne qui vous agace le plus au monde ? Eh bien, multipliez par deux et vous aurez une idée du style des jumeaux.

Et ne vous inquiétez pas, vous ne risquez pas de les confondre. Tom est celui qui contredit toujours Téo. Donc Téo est celui qui parle en premier. Facile quand on a pris le coup.

Bref, j'ai très envie de protester, mais quelque chose dans le ton de maman me persuade d'obéir et de circuler.

Je rejoins les deux monstres et j'attends.

La chance est avec moi, parce qu'ils sont concentrés sur leur console de jeux et ne pensent pas à me casser les pieds. Je hasarde une question :

— C'est qui les gens en bas ?

— Des gens, répond Téo.

— Non, y s'appellent pas Jean, dit Tom.

D'accord ! J'en déduis que ce ne sont pas les nains qui vont m'aider. Je tiens le coup pendant trois parties de bataille intersidérale de leur jeu débile, avant de retourner au salon sur la pointe des pieds pour tenter d'en apprendre plus.

Au bas de l'escalier, je tombe nez à nez avec maman qui raccompagne nos « invités ». Au moment de franchir le seuil, le monsieur dont le crâne touche presque le plafond se retourne et dit :

— On se revoit très bientôt. Votre maison est vraiment fantastique ! C'est exactement ce que nous cherchions.

— Je vous appelle pour le contrat, ajoute celui qui m'a confondue avec un garçon.

Avant de partir, le géant m'ébouriffe les cheveux.

– Ravi de t'avoir rencontré, mon garçon, déclare-t-il.

Et ils partent avant que je ne hurle : « Je ne suis pas un garçon ! »

La porte est à peine refermée que maman se tourne vers moi et saute en l'air en criant et riant à la fois. Une vraie folle ! C'est dans ces cas-là que je réalise à quel point les jumeaux lui ressemblent.

Je patiente deux secondes, le temps qu'elle se calme, et je demande :
– C'était qui ?
– Mais enfin Léa, tu ne l'as pas reconnu ?
– Lequel ? Ils étaient deux, je te signale.
– Celui qui t'a prise pour un garçon.
– Ils m'ont TOUS LES DEUX prise pour un garçon, parce que ma mère est la reine des coiffeuses, figure-toi !
– Oh, ça va, ne râle pas, ils vont repousser, tes cheveux ! D'ailleurs j'ai l'impression que ta frange est déjà plus longue, non ?

Elle m'agace !

— Bon, c'était qui, alors ?

— Celui qui ressemble à un géant, tu ne le connais pas, c'est Jean Dargent, le chef décorateur. Mais l'autre, c'est Régis Blanchard !

— ???, font mes yeux écarquillés.

— Le réalisateur, enfin ! Celui qui a fait ce film formidable avec le poulain qui est séparé de sa mère. On l'a vu pendant les vacances. Tu as même beaucoup pleuré.

Ah, oui, peut-être, l'histoire me rappelle vaguement quelque chose.

— Moi, pleurer pour un film ? je m'étonne, au comble de la mauvaise foi. C'était à cause de la salle, un vrai réservoir à acariens qui a déclenché mon allergie !

Maman lève les yeux au ciel.

— Alors, pourquoi il était ici ce réalisateur ? j'insiste.

— Parce qu'il va tourner une partie de son prochain long-métrage dans NOTRE maison !

J'en reste baba. Maman ajoute :

— Il travaille sur une fresque historique. Quelque chose d'à la fois triste et romantique avec des scènes d'action : des cascades, des duels. L'héroïne est une pauvre orpheline qui, grâce à son parrain qu'elle ne connaissait pas avant la mort tragique de sa mère, entre à la cour de Louis XIV et...

— Je ne vois pas le rapport avec notre maison, je l'interromps avant qu'elle ne me raconte le film plan par plan.

— Le rapport, c'est qu'il avait besoin d'un décor naturel, une vieille maison en pierres avec une grande cheminée et un grenier. Il a passé une annonce dans *100 % femme*. J'ai envoyé des photos, et voilà !

— Et voilà quoi ?

— Le réalisateur et le décorateur ont été séduits par notre belle demeure. Le côté authentique, les poutres et les courants d'air du grenier leur plaisent. Résultat, ils nous louent la maison dix jours dans un mois !

— Et nous, on ira où ?

— On reste là, ne t'inquiète pas ma puce. Et devine qui est l'héroïne du film ? Chiara !

Chiara ! MON actrice préférée ! J'adorerais être aussi belle qu'elle lorsque je serai vieille. Mais, bon, j'ai le temps d'y penser, ce n'est pas pour tout de suite. Elle a quand même seize ans !

– Tu verras, on va bien s'amuser, conclut maman avant de crier : Les garçons, c'est l'heure du bain !

Inutile maintenant d'espérer avoir une conversation sérieuse avec maman, c'est comme si elle avait appuyé sur un bouton et déclenché une tornade. Les jumeaux ont horreur de l'eau, et je pense que personne dans le quartier ne l'ignore.

Erreur de casting

Au petit-déj, maman me recommande :
– Je préférerais que cette histoire ne s'ébruite pas trop. Je n'ai pas très envie que la ville entière se précipite ici dans l'espoir d'apercevoir une célébrité. Alors évite de claironner dans ta classe qu'un film sera bientôt tourné chez nous.

Quoi ? Me demander ça c'est impossible. Moi qui pensais tenir ma vengeance auprès de Pauline, je ne peux pas renoncer.

Je vous explique. Avec Pauline, ce n'est plus vraiment la joie parce qu'elle n'a pas été d'un grand soutien lorsque je suis arrivée à l'école avec ma coupe de cheveux inventée par maman.

Elle a même été en première ligne pour se moquer de moi, ce que j'ai trouvé absolument ignoble et déplacé dans la mesure où notre amitié remonte à la maternelle. (Et que moi, je n'ai jamais gloussé en la voyant débarquer avec son manteau rose, ses chaussures roses, son bandeau rose et son cartable rose, alors qu'elle ressemble à une Barbapapa.)

– Quand même, je peux en parler à Pauline ! je proteste.

– Je vous croyais fâchées.

– Pas du tout, je ne sais pas où tu es allée chercher ça !

– Tiens ta langue pour l'instant. Je n'ai pas encore averti ton père, ce serait moche que les voisins le sachent avant lui.

Papa est souvent absent de la maison. Il est transporteur international. Il conduit de gros camions. En ce moment, il est en Espagne, et il ne doit pas rentrer avant la semaine prochaine. Ça va être super long de se taire jusque-là !

J'insiste :

– N'empêche. Je peux le dire à Pauline. Je la connais, c'est pas une cafteuse.

– Pauline et uniquement Pauline alors ! cède maman.

De toute façon, lorsque j'arrive à l'école, c'est comme si j'avais un néon qui clignotait sur le front. J'ai beau essayer de penser à des trucs tristes, genre la dictée préparée qui nous attend cet aprèm, mon sourire banane me trahit immédiatement.

– Qu'est-ce qui t'arrive ? attaque Pauline.
– Moi ? Rien, je mens juste pour faire durer le plaisir.
– T'as pas l'air normale, insiste Pauline.
– Ah ouais ?
– Non ! T'avais la même tronche quand l'orthodontiste t'a annoncé qu'elle t'enlevait ton appareil dentaire. Un truc lumineux dans les yeux…

Je suis sûre que ma copine pourrait être détective ou un métier dans le genre, elle serait top !

Mais je tiens bon. Une vengeance aussi savoureuse que celle-là, il faut la déguster façon glace framboise-citron (mes parfums préférés). Donc, je garde un je-ne-sais-quoi d'éclatant sur le visage et je réponds :

— Peut-être, oui. Les bonnes nouvelles me donnent le teint frais.

Et je me drape dans un silence énigmatique à souhait. Elle en profite pour frapper un grand coup :

— Ouais, ça rattrape un peu le massacre de ta tignasse !

Quand je pense que j'ai vécu des jours merveilleux avec cette pauvre fille en classe de neige et que, maintenant, elle se permet de me parler sur ce ton, je me dis que c'est pas beau de vieillir !

Elle doit s'apercevoir de ma fureur intérieure, parce qu'elle ajoute :

— Oh ! Je plaisantais. D'ailleurs, tes cheveux ont déjà repoussé, non ?

– ...

– Alors c'est quoi ta bonne nouvelle ? insiste-t-elle.

Rien, je ne dirai RIEN.

– Tu as trouvé d'autres parents pour les jumeaux ? tente-t-elle.

– NON !

Là, je dois vous préciser que je recherche une famille adoptive pour mes deux frères. J'ai déjà abordé le sujet à de nombreuses occasions avec mes parents.

La première fois, cette idée a beaucoup fait rire maman. Depuis, elle se fâche lorsque j'ai le malheur de suggérer que certains couples SANS enfants seraient très heureux d'en avoir, même ceux-là ! Mais je ne désespère pas de la convaincre. Il y aura bien un moment où ils seront tellement horribles qu'elle sera RAVIE de s'en débarrasser (et moi aussi).

— La bonne nouvelle, Pauline, c'est que… Chiara, l'actrice, tu sais, celle qui a joué dans *Coup de foudre et éclats de rire*. La première Française à avoir signé un contrat avec les studios Disney…

— Oui, merci, je sais qui est Chiara !

— Eh bien, elle va vivre chez moi pendant dix jours le mois prochain !

Bizarre, alors que j'ai presque hurlé cette dernière phrase au beau milieu de la cour de récré, Pauline ne semble pas l'avoir entendue.

Après un long silence, elle me regarde de travers et me lance :

— Il y a pas mal d'hôtels quatre étoiles dans la région. Alors pourquoi une super star internationale dormirait-elle dix jours dans ta maison toute bancale ?

Bon, il arrive que Pauline soit un peu lente du cerveau, ce n'est pas une raison suffisante pour qu'elle ne reste pas ma copine. Il suffit de faire entrer les informations doucement dans son crâne de souris.

— Chiara va tourner son prochain film chez moi, c'est pour ça qu'elle ne dormira pas dans un palace comme d'habitude mais dans ma maison bancale comme tu dis.

— Ben voyons ! J'ai l'impression que lorsqu'elle t'a coupé les cheveux, ta mère t'a aussi enlevé un bout de cerveau !

— Je t'assure, Pauline ! C'est un film historique. Ils avaient besoin d'une VIEILLE maison avec des pierres apparentes et d'un grenier à moitié pourri...

— Parce que tourner des films dans des studios, ça ne se fait plus ! Arrête de me mentir ! Dans deux secondes, tu vas me dire que tu joueras le rôle d'une servante ou de Marie-Antoinette !

– En tout cas, si le réalisateur cherche un bonbon rose, je lui donnerai ton adresse, promis !

Et voilà comment une amitié qui a vu le jour en petite section de maternelle se fissure vers la fin du troisième trimestre du CM2. Avec un peu de chance, je deviendrai la meilleure amie de la star Chiara, et alors, adieu le bonbon rose.

Scénario catastrophe

Dès que je passe la porte d'entrée, je constate qu'une agitation extrême règne dans la maison. Maman est en mode fourmi. Elle est toujours ainsi lorsque papa rentre de voyage. Elle entreprend mille choses à la fois, et elle voudrait que la maison soit nette du sol au plafond. C'est encore pire depuis qu'elle est au chômage.

Elle arrive en courant vers moi.

– Ah, c'est toi, Léa. Dépêche-toi de goûter, après tu m'aideras à ranger vos chambres.

– Mais, maman, j'ai des devoirs !

– C'est une catastrophe ! Ton père a téléphoné ce matin, il rentre plus tôt que prévu.

– Et tu n'es pas contente ?

— Si, si, bien sûr. Mais le repas n'est pas prêt et tes frères n'arrêtent pas de se disputer. Je voulais tant que ce soit parfait lorsqu'il arriverait et là… En plus, il aura conduit toute la journée, il sera éreinté. Et… je ne sais pas comment lui annoncer que j'ai loué la maison pendant dix jours à une équipe de cinéma !

À ce moment, Téo débarque en pleurnichant :

— Maman, Tom a cassé mon robot !

— Ton frère ne l'a sûrement pas fait exprès, Téo. Je regarderai ça tout à l'heure, mon chéri. Je pourrai sans doute le recoller, ton robot.

— Tu pourras pas, il est explosé ! Et j'ai fait exprès. Rien que pour l'embêter ! intervient Tom.

Le visage de maman prend une vilaine couleur rouge. Je sens qu'elle va craquer. Avec un peu de chance, la procédure d'adoption des jumeaux devrait s'accélérer.

— Bon ! Les garçons, écoutez bien. Maman va vous dire quelque chose de très important : ce n'est pas beau d'être méchant en général et c'est encore pire entre frères.

— Ouais, mais c'est vachement plus rigolo, remarque Tom.

— Et si c'est avec sa sœur qu'on est méchant, c'est moins grave ? questionne Téo.

Vous comprenez pourquoi je vis un enfer depuis la naissance de ces deux-là ?

Maman soupire et poursuit sa leçon. J'admire sa résistance, moi, si j'étais leur mère, je les aurais déjà abandonnés !

— Contre sa GRANDE sœur, c'est encore pire Téo. Soyez gentils, je suis très occupée, cessez de vous disputer.

Et là, il se produit un événement extraordinaire : les garçons remontent dans leur chambre sans ajouter un mot.

Maman en reste aussi interdite que moi. Je crois que c'est la première fois DE LEUR VIE qu'ils lui obéissent. Elle hoche la tête, repart à ses fourneaux, et moi à mon goûter.
– Tu as peur de parler du film à papa ? je lui demande la bouche remplie de chocolat.
– C'est le genre de décision qui se prend plutôt à deux, normalement. Plus j'y réfléchis, plus je me dis que j'aurais dû lui en parler avant d'accepter...

Moi, je trouve qu'elle exagère de paniquer comme ça. Mais depuis qu'elle est au chômage, maman a tendance à voir des scénarios catastrophe partout.

Pauline, du temps où elle était ma meilleure amie, m'a expliqué que c'était une attitude normale engendrée par le stress de se retrouver enfermée à la maison sans rien faire. C'est le véto qui a soigné Cramouche qui a dit ça.

Cramouche, c'est la chatte de Pauline. Il y a eu des travaux à côté de son immeuble. Et comme la mère de Pauline avait peur que Cramouche soit écrasée par une pelleteuse, elle lui a interdit de sortir.

La pauvre bête est devenue à moitié folle, elle sursautait au moindre bruit, elle boudait ses croquettes et elle errait dans la maison d'un air malheureux. Bref, le syndrome de l'ennui. Exactement comme maman depuis trois mois (enfin, excepté l'histoire des croquettes).

Je m'apprête à répondre à ma chère mère que papa est bien plus ouvert d'esprit qu'elle ne semble l'imaginer lorsqu'un tintamarre épouvantable retentit. Je me retourne et je constate qu'une pluie de jouets dégouline de l'escalier.

Maman, d'abord muette de surprise, pousse un cri strident assez proche de celui de la mouette, mais sans l'adjectif rieuse. La petite tête de Téo apparaît à travers la balustrade et il nous explique avec un naturel désarçonnant :

– Mon robot est foutu, alors je me venge avec les jouets de ce pauvre nul de Tom.

Sans rire, de la fumée commence à sortir des oreilles de maman. Elle grimpe les marches aussi vite qu'elle peut, manque de se fracasser le crâne deux fois en glissant sur des jouets qui traînent. Puis elle attrape Téo par un bras, le secoue comme un prunier et l'envoie au coin.

Aussitôt, Tom sort de son mutisme, arrête de ramasser ses jouets et hurle :

– C'est pas juste ! C'est moi qui ai commencé. Ça devrait être moi le puni !

Et il renverse son énorme boîte de Lego par terre.

La sonnerie de la machine à pain se déclenche, maman se met à hurler de rage, et c'est exactement cet instant que choisit papa pour pénétrer dans la maison. Ou plutôt sur notre champ de bataille.

Je me jette dans ses bras. C'est toujours une grande émotion lorsqu'il rentre enfin. Il dépose un baiser sur mes cheveux puis lève la tête vers le haut de l'escalier et demande avec un grand sourire :

– Alors qu'est-ce qui se passe ici ?

Avant que maman n'ouvre la bouche, Téo répond :

– C'est maman, elle a vendu la maison.

– Non, elle ne l'a pas vendue, elle l'a louée ! précise Tom.

À ce moment, le sourire disparaît du visage de papa.

Pauvre maman qui voulait que tout soit parfait pour le retour de papa, c'est plutôt raté !

Mises au point

Au lieu d'un repas plein de joie et de rires, le dîner ressemble plutôt à un concours de tirage de tronches.

Après la boulette des jumeaux, maman s'est mise à bredouiller de lamentables : « Je t'expliquerai, je t'expliquerai… », auxquels papa a répondu : « Y a intérêt, y a intérêt. »

Évidemment, les explications ont été remises à plus tard, « lorsque les enfants seront couchés », a précisé papa, pas assez bas pour que je n'entende pas.

Donc, maintenant, ils sont pressés de nous border pour se disputer tranquillement.

Les jumeaux ont écopé de trois semaines de travaux forcés : mettre la table, la débarrasser, nourrir les poissons rouges, arroser les plantes vertes. Autant d'occasions pour qu'ils se surpassent côté catastrophes.

Papa m'embrasse et me souhaite bonne nuit, puis il redescend aussitôt dans le salon et les hostilités commencent :

– C'est quoi cette histoire ?

Je m'extirpe de mon lit et rampe jusqu'à la descente d'escalier, d'où j'ai une vue imprenable sur une bonne partie du rez-de-chaussée et d'où j'entends tout.

Maman s'emberlificote dans des phrases sans début ni fin. Elle parle des films de Chiara, de son magazine préféré, du grenier hors d'âge, des favorites de Louis XIV, de son chômage à elle et de la nécessité de trouver une autre source de revenus. Un discours sans queue ni tête qui assomme papa.

– Tu sais ce que ça signifie, une équipe de cinéma ?

Gros blanc de maman.

Papa enchaîne :

– Ça veut dire une trentaine de techniciens qui débarquent. Des câbles partout, une facture d'électricité qui explose, un frigo qui se vide. Aucune intimité, des horaires de fous, des exigences de star, des fleurs piétinées, des arbres arrachés, une pelouse labourée. Sans parler du grenier dont ils vont peut-être enlever quelques tuiles parce que ça collera avec le scénario !

– Mais enfin, ce n'est que pour dix jours et Régis m'a affirmé que l'équipe se ferait toute petite, qu'il n'y aurait quasiment aucune incidence sur notre quotidien ! tente maman.

– Je ne pense pas que ce soit une bonne idée. Mieux vaudrait que tu appelles demain pour annuler tout ce cinéma, ronchonne papa.

Maman fixe papa durant quelques instants. J'espère qu'elle va lui rétorquer qu'elle téléphone si elle veut, qu'il n'a qu'à appeler lui-même ou quelque chose comme ça. Mais d'une voix minuscule, elle répond :
– Très bien, puisque c'est ce que tu veux.
Un silence de tombe s'abat sur notre maison, puis maman ajoute :
– Va te coucher Léa, il est tard.
Moi qui pensais passer inaperçue, plaquée contre la moquette ! Puisque je suis démasquée, je retourne me coucher, vu l'ambiance, ce n'est pas le soir pour discuter.
Je vais avoir l'air de quoi moi, maintenant, devant Bonbon Rose ? Elle me prendra vraiment pour une menteuse si le tournage n'a pas lieu ici. En plus, je peux dire adieu à ma belle amitié avec Chiara.

Lorsque j'arrive à l'école le lendemain, Bonbon Rose me fixe de ses gros yeux version Tagada pendant vingt bonnes secondes avant de s'approcher de moi.

Ah, oui, une réconciliation, c'est exactement ce dont j'ai besoin pour me remonter le moral.

– Léa, j'ai lu dans le *Closer* de ma mère que Chiara tournera son prochain film dans la région, m'annonce-t-elle.

Tu parles d'un scoop, pense mon for intérieur tandis que mon extérieur reste muet et aussi indéchiffrable que les problèmes de calcul de Mme Flavio. C'est assez maladroit, seulement c'est peut-être une amorce d'excuses que le bonbon rose entreprend là. Attendons pour voir.

– Tu le savais, hein, tu le savais?
– Oui je le savais, j'avoue.

— C'est pour ça que tu as imaginé cette histoire idiote de location de maison ?

Vous, je ne sais pas, mais moi, je ne parle pas aux bonbons. À la limite, je peux les mâchouiller, discuter avec, non merci. Je me détourne un peu pour qu'elle comprenne à quel point elle m'ennuie, pourtant, elle continue.

— Tu voulais me rendre jalouse...

Oh, mais c'est que ça lui fait du bien de discuter toute seule, à Bonbon Rose, ça lui aère le cerveau.

— Parce que je n'ai peut-être pas toujours été très sympa avec toi...

Enlève le peut-être et on tombera peut-être d'accord...

— Surtout quand ta mère t'a à moitié scalpée, murmure-t-elle en fixant ses chaussures roses.

La voir ramer à contre-courant est un spectacle qui me réjouit beaucoup.

— Bon, enfin, voilà, je voulais te dire Léa, euh... pardon d'avoir été aussi nulle.

Oh, non, pitié, moi les bonbons qui commencent à fondre, ça me fait fondre !

– Oh, c'est rien. Moi aussi je suis nulle des fois, je lui réponds, et elle tombe dans mes bras.

Ouais, je sais, le coup des filles qui se réconcilient en s'étreignant, c'est un brin mélo, mais à vivre, je vous assure c'est supra tip-top. Surtout quand il s'agit de votre meilleure copine du monde que vous connaissez depuis la maternelle.

– On efface tout et on recommence, d'ac ? me propose Pauline.

– D'ac, je cède, ravie.

– Je t'aime comme tu es, tu sais, m'annonce-t-elle avec un grand sourire banane. Pas la peine d'inventer des histoires à dormir debout pour te rendre intéressante.

Et là, en une seconde, l'amitié qui coulait dans mes veines se répand au sol.

– Ah ouais ? Tu sais quoi, Tagada ? J'ai absolument pas envie d'être intéressante pour les beaux yeux d'un bonbon rose. Je ne t'ai pas menti. Chiara va bien tourner son prochain film chez moi, et tant pis si tu ne me crois pas !

Je me drape dans ma dignité et je pars la tête haute vers mon devoir de maths.

Bon, d'accord maman doit téléphoner pour annuler. Mais puisqu'elle ne l'a pas encore fait, rien n'est perdu.

Version sous-titrée

Après le goûter, je me cache dans le couloir pour espionner la conversation téléphonique de maman.

– Je suis désolée, Régis, mais je crains que cela ne soit pas possible... Non, j'ai réfléchi, c'est trop de contraintes et... Eh bien d'accord, rappelez-moi après votre rendez-vous... À tout à l'heure.

Je remonte dans ma chambre sur la pointe des pieds. Quelle poisse, j'espérais que maman se battrait pour ses idées ! Mais depuis qu'elle est au chômage, j'ai l'impression qu'elle se ramollit. Je ne sais pas ce qui m'ennuie le plus au fond. Ne pas voir Chiara ou ne pas clouer le bec de Tagada ?

Je feuillette mon cahier dans lequel j'ai collé les photos de mon actrice préférée. Et dire que je rêvais qu'elle me le signe ! Enfin ! Il y a plus grave dans la vie que de ne pas rencontrer son idole. Il y a se fâcher avec sa meilleure amie, par exemple. Un coup de cafard horrible me tombe sur la tête. Je redescends les escaliers quatre à quatre.

En bas, papa enfile sa veste, il me propose :
– Tu m'accompagnes, Léa ? Je vais laver le camion.

D'habitude, j'adore nettoyer le semi-remorque de mon père. C'est une tradition. À chacun de ses retours, il m'emmène pour bichonner son poids lourd. Mais ce soir, je n'ai pas envie d'être en tête à tête avec lui. Après tout, si on en est là, c'est parce que Monsieur trouve que louer notre maison pour un tournage est une mauvaise idée.

Ce qu'il n'a pas pris en considération, papa, c'est que si une équipe de cinéma investit la maison, maman ne sera pas tentée de procéder à des expérimentations sur ma tête !

Mais lui, il s'en fiche, elle ne risque pas de s'entraîner sur ses cheveux, ils sont coupés à ras !

– Non, vas-y sans moi, papa. Je n'ai pas fini mes devoirs.

– À plus tard, alors, souffle-t-il en fermant la porte.

C'est un petit mensonge de rien du tout, j'ai terminé mes devoirs depuis longtemps. Tagada trouve que mentir n'est pas toujours grave, surtout lorsqu'on cherche à être gentil avec la personne à laquelle on ment. Par exemple, elle dit souvent à sa maman que les gâteaux qu'elle prépare sont très bons.

Alors que lorsqu'on croque dans un gâteau de la maman de Tagada, eh bien, c'est un peu comme si on mangeait du ciment. Et c'est déjà pas mal si on ne perd pas deux ou trois dents après cette expérience.

Ce soir, je n'avais pas l'intention d'être gentille avec papa. Mais je n'allais pas non plus lui avouer que je fuyais sa compagnie sous prétexte que :

1) il tuait dans l'œuf ma future amitié avec Chiara,

2) il me privait de ma belle vengeance contre Tagada.

Pour tromper mon ennui et ravaler ma colère, je me jette sur la télécommande, change de chaîne, monte le son. Maman me réprimande depuis la chambre des jumeaux :

– Tu n'as pas autre chose à faire, Léa ? Et puis baisse un peu, on ne s'entend plus dans cette maison !

Deux secondes plus tard, les hurlements des garçons dépassent le volume de la télévision.

– Ah, si, si ! Il y a des poux à l'école, il faut laver les cheveux, argumente maman.

Une nouvelle vague de protestations retentit avant que maman ne ferme la porte de la salle de bains.

Je ne comprends pas pourquoi les jumeaux ont à ce point peur de l'eau. Je n'ai pourtant jamais tenté de les noyer. Enfin, je n'en ai JAMAIS eu l'occasion.

Soudain, une sonnerie couvre les cris des garçons. C'est le téléphone. D'un coup, je me souviens que Régis doit rappeler maman. Sans réfléchir, je me précipite et décroche.

— Allô ? je lâche dans un souffle.
— Laurence ? Rebonjour, c'est Régis. Alors qu'est-ce qui se passe ? Vous voulez annuler, vraiment ?
— Non, non, non, non ! je chuchote.
— Je ne vous entends pas très bien. Laurence ?

Je cours me cacher dans la cuisine. Oh, là, là ! Je tremble, j'ai froid et en même temps j'ai très très chaud. C'est la scène de ma vie et je n'ai pas droit à une seconde prise. Je toussote, je jette un coup d'œil à mon reflet dans la porte du micro-ondes et je me lance :

– Je suis un peu enrhumée, cher Régis.

J'appuie sur ma gorge pour me créer une voix plus rauque. Et le résultat est plutôt réussi.

– Dites-moi Laurence, vous souhaitez annuler ?

– Pas du tout, c'est arrangé.

– Ah bon ! Vous m'avez fait peur ! On maintient, alors ?

– Oui, oui. Je dois vous laisser, les petits sont dans le bain, j'ajoute en reniflant.

– Entendu. À très bientôt, alors ?

– À bientôt.

Je raccroche et j'ai l'impression que mon corps se désagrège. Qu'est-ce qu'il vient de se passer ? Oh, je n'ai pas vraiment menti, les petits sont bien dans le bain…

Soudain, une voix me fait sursauter :

– Le téléphone n'a pas sonné ? demande maman depuis l'étage.

– C'est Pauline ! je crie, adossée à la porte de la cuisine.

– Ne reste pas des heures en ligne, s'il te plaît !

Et elle referme la porte de la salle de bains.

Ouf, c'est facile de mentir à distance. Maman n'a pas vu mes joues qui ont pris une vilaine couleur rouge vif, ni mon regard qui papillonne sans oser se poser. Ce n'est qu'un tout petit mensonge. Alors pourquoi je me sens si mal ?

Bande-annonce

Voilà trois semaines que je n'ai plus de meilleure amie et que mon cœur bondit dans ma poitrine dès que le téléphone sonne. Quand maman entame une conversation mode cinéma, je m'arrange pour quitter la pièce, tellement j'ai peur qu'elle ne découvre mon mensonge.

Je me sens terriblement seule, à tel point qu'hier j'ai joué aux Lego avec les jumeaux. C'est vous dire si mon cas est grave !

Papa est resté quelques jours, avant de repartir vers l'Allemagne, puis il est revenu, et aujourd'hui il reprend la route direction l'Italie.

Maman n'a pas évoqué leur dispute, encore moins l'annulation du tournage. Régis n'a sûrement pas rappelé, sinon elle m'aurait démasquée et je pense que j'aurais passé un sale quart d'heure. J'attends avec angoisse le moment où l'équipe va débarquer. Moment qui sera sans doute le dernier de ma courte vie…

Pourtant, lorsque je rentre de ma leçon de piano ce soir, ma condamnation ne semble pas à l'ordre du jour. Maman me tend une coupe qui déborde de glace framboise-citron.

– Qu'est-ce qu'on fête ? je lui demande.

– Le début du tournage, chuchote-t-elle avec des yeux rieurs.

Mon esprit semble soudain très embrumé. Qu'est-ce qu'elle vient de dire ? Ai-je bien entendu ou est-ce mon esprit qui me joue des tours ?

Elle s'écarte un peu et je découvre derrière elle, au milieu de NOTRE salon, trois projecteurs et des kilomètres de fil électrique posés au sol.

– Qu'est-ce que… que… que… je demande intelligemment et le plus innocemment possible.

– Une partie de l'équipe est arrivée en début d'après-midi. Les techniciens ont déposé un peu de matériel. Ils reviennent demain à l'aube ! elle m'explique avec une pointe d'hystérie dans la voix.

– Mais, mais, mais, tu n'avais pas annulé ? je m'étonne avec mauvaise foi.

Ses pupilles brillantes me répondent que non, tandis que sa bouche engloutit une énorme cuillère de crème glacée banane-noix de pécan (son parfum préféré).

– Tu as MENTI à papa ? je m'étrangle en négligeant mon propre rôle dans cette superproduction.

Elle lève les yeux au ciel en soupirant.

– Tout de suite les grands mots ! Non, je n'ai pas menti à ton père... Je ne lui ai pas vraiment dit la vérité, c'est différent. Et puis en matière de mensonges, Léa, je ne crois pas que tu puisses te permettre de me donner des leçons.

Les bras m'en tombent. Ainsi, elle m'avait démasquée ? J'en oublie de savourer ma glace qui fond à la vitesse grand V.

— Vois-tu Léa, quelquefois tu sais au fond de toi que tu as raison, mais tu n'as aucun moyen de persuader les autres que ton idée est bonne. Alors le mieux c'est d'aller au bout des choses et… à la fin, ton père s'apercevra que j'avais raison, enfin que NOUS avions raison. En plus, il n'est pas là, alors !

Je continue de la regarder avec des yeux de merlan frit.

— Quoi, qu'est-ce qu'il y a ? Je te choque ?

— Non, je parviens à articuler. Tu m'épates maman !

Moi qui pensais qu'elle était devenue toute molle, je me rends compte qu'elle est pleine de ressources. Je bois un peu de ma glace et je lui demande, le regard en coin :

— C'est une drôle de coïncidence que le matériel arrive le jour où papa s'en va…

— En fait, Régis et moi nous nous sommes arrangés pour les dates. Maintenant, il n'y a plus qu'à croiser les doigts pour qu'ils ne cassent rien !

— On pourra toujours accuser les jumeaux, je suggère et aussitôt je me mords les lèvres, maman n'aime pas que je prenne mes frères pour cible.

Contre toute attente, elle éclate de rire, puis elle ajoute :

— Oh ! Il faut que j'aille les récupérer ces deux-là, je les ai déposés chez la voisine, il y a plus de deux heures !

Elle avale le reste de sa crème glacée et sort en courant.

Elle revient aussitôt et me glisse :

— Ne crois pas t'en tirer à si bon compte. Je n'ai pas du tout apprécié que tu te sois fait passer pour moi au téléphone.

J'ouvre la bouche, mais elle me dissuade d'un regard et poursuit :

– Ne t'avise JAMAIS de recommencer. Sinon, la procédure d'adoption ne concernera pas SEULEMENT les jumeaux, compris ?

Avant que je réponde, elle file chercher ses deux garçons chéris.

Elle est à peine sortie qu'une idée traverse mon cerveau. Et si j'appelais Tagada pour qu'elle vienne constater la présence du matériel ?

Mais bon, faut pas rêver, Tagada continuerait certainement à me snober. Depuis notre dispute, elle ne me voit plus, elle ne m'entend plus.

Même si je la suppliais elle ne viendrait pas. Et comme il est absolument hors de question que je la supplie…

Et puis, des kilomètres de câbles et trois projecteurs, je peux faire mieux. Le décor n'arrivera que demain, je vais attendre. Le bon moment, les bonnes personnes pour créer un effet MAX.

Tagada comprendra enfin qu'elle a eu TORT de me traiter aussi mal, moi son amie depuis... Et ça, ça vaut bien un brin de patience !

Le lendemain, lorsque j'ouvre les yeux, l'aube dort encore, elle ! J'ai été tirée du sommeil, non par la musique de mon radio-réveil, mais par un boucan d'enfer titanesque extrêmement bruyant.

J'enfile mon vieux survêtement et je descends les escaliers. Maman est déjà levée et habillée, les cheveux un peu en pétard, mais pas vraiment plus que d'habitude. Elle m'adresse un signe de la main. Elle a l'air radieuse, comme si elle préparait une fête.

Derrière elle, ce qui ressemblait il y a quelques heures à peine à un rez-de-chaussée normal de maison normale a été métamorphosé en entrepôt pour matériel de cinéma.

– Ce n'est pas encore un vrai plateau de cinéma, mais ça en prend le chemin, me glisse maman avec une mine de conspiratrice. Aujourd'hui, ils installent le matos et demain, le travail commence ! Sympa, non ? ajoute-t-elle.

Je hoche la tête, ce qui peut aussi bien signifier mon approbation que ma désapprobation, et je me réfugie dans la cuisine, seul endroit non envahi par d'énormes caisses noires à roulettes.

Une armée d'hommes et de femmes vêtus d'un tee-shirt noir entrent et sortent sans cesse de la maison.

À l'instant où je pense pouvoir savourer mes pétales de riz soufflé aux éclats de noisette sans être dérangée par les jumeaux, pour une fois!, maman crie à la cantonade :

– Ceux qui ont envie d'un café, c'est par ici!

Et aussitôt, une foule de techniciens envahit mon p'tit-déj.

La vie de James Bond à côté de celle de Léa Gautier, c'est du gâteau!

Planter le décor

Ne rien dire en classe a été une torture. J'ai surpris les sourcils froncés de Tagada braqués dans ma direction plusieurs fois. Je suppose qu'un néon clignotait sur mon front avec écrit en relief : « Cette fille a un secret. » Je me suis tellement mordu les lèvres que j'ai l'impression d'avoir mastiqué du chewing-gum toute la journée.

Heureusement, Tagada est partie de l'école en compagnie de sa mère. Sûrement pour une de ces agréables visites chez le dentiste. (Tagada a une dentition qui ressemble à du gruyère, un max de trous, sûrement à cause des gâteaux version béton cuisinés avec amour par sa maman.)

L'avantage, c'est qu'elle ne peut pas tenter de m'arracher des infos contre ma volonté sur le chemin du retour. Car, telle que je la connais, elle serait capable de mettre sa fierté dans sa poche et de me raccompagner chez moi pour me tirer les vers du nez. Et telle que je me connais, je serais capable de tout lui révéler.

En arrivant à la maison, la vue de notre portail ouvert m'arrache un cri.

Enfin, ouvert n'est pas vraiment le terme exact. L'expression qui convient à la situation est : dégondé d'un côté et arraché de l'autre.

Ça commence bien ! Difficile dans de telles conditions que papa ne remarque rien lorsqu'il reviendra. Je soupire et j'entre en m'attendant à découvrir maman en mode affolement général.

Eh bien, aucune trace de panique à bord. Au contraire, elle discute avec une jeune femme portant un tee-shirt noir barré d'un grand « Films 2000 productions ».

– Régis est un perfectionniste. Il aime faire les choses lui-même, alors ne vous étonnez pas s'il débarque à deux heures du matin pour vérifier un détail.

– Ne vous inquiétez pas, tempère maman, je comprends d'autant mieux que je suis un peu comme lui.

Euh, j'espère que ce cher réalisateur ne sera pas trop envahissant, surtout si papa revient plus tôt que prévu... Elle me paraît bien optimiste là, maman !

Une fois qu'elles ont terminé leur conversation, je questionne d'un air que je veux détaché :

– Qu'est-il arrivé à notre portail ?

– Oh ! répond maman d'un ton léger. C'est la caravane qui a eu un peu de mal à passer.

– La caravane ? je m'égosille.

Elle me désigne la fenêtre avec un haussement d'épaules. Je me précipite et découvre qu'une caravane argentée occupe la moitié de la pelouse. Vu sa taille, je comprends l'état de notre portail.

L'espace est tellement étroit entre le mur des voisins et celui de notre maison que c'est un miracle si les dégâts ne sont pas plus importants.

— Elle servira de salle de repos pour les acteurs entre deux prises. Il leur faut une grande concentration, me précise maman.
— Ah ?
Je me demande depuis quand elle en sait autant sur les exigences de la vie des comédiens. Elle a sans doute lu dans mes pensées car elle ajoute :
— C'est Régis qui me l'a dit. Et Chiara a confirmé.
J'ouvre la bouche deux fois de suite sans qu'aucun son n'en sorte. Enfin, je hurle :
— Chiara est ici ?
— Elle est passée avec les autres acteurs en fin de matinée. Puis ils sont partis prendre possession de leurs chambres d'hôtel.

Mes yeux s'arrondissent.
- Je croyais qu'ils dormiraient à la maison, je bougonne, déçue.
- Et où veux-tu qu'on les mette ? s'exclame maman. Nous aurons déjà du mal à continuer à respirer avec tout ça...

Elle balaie d'un large geste les caisses, les meubles et les accessoires entassés avec une lueur d'amusement dans le regard.

Je me force à sourire et j'avoue, penaude :
- Je pensais lui prêter ma chambre.

Maman m'attire contre elle, embrasse mes cheveux (ce qu'elle fait toujours lorsqu'elle veut me consoler) et m'explique :
- Chiara a sept ans de plus que toi, alors n'imagine pas qu'elle deviendra ta meilleure amie, d'accord ? J'ai loué la maison pour gagner un peu d'argent, pas pour que ma petite fille s'invente des histoires de stars.

Elle me prend pour une midinette ou quoi, maman ? Je hausse les épaules. Comme si c'était mon genre de m'imaginer des trucs, pfff ! Et puis j'ai le droit de chercher une remplaçante à Tagada si j'ai envie, non ?

La jeune femme de Films 2000 Productions revient vers maman.

– Laurence, j'ai encore quelques détails à voir avec vous. Voilà, il nous faudrait une pièce assez spacieuse et calme pour installer les costumes.

– Je crois, Charline, que ma chambre correspond à ce que vous cherchez.

– Il faudra aussi coiffer et maquiller les acteurs...

– Ma chambre est assez vaste pour cela, venez, je vais vous montrer.

Je les suis comme un toutou, pourtant je la connais. Mais c'est plus fort que moi, je veux participer à l'installation de l'équipe.

Maman et Charline, l'assistante de Régis, tombent d'accord. Le lit des parents est plaqué contre le mur pour gagner de l'espace et aussitôt des robes, ainsi que des chapeaux, des épées, des chaussures et des mallettes de maquillage, envahissent la pièce.

– Et tu dormiras où, maman ? je hasarde, juste pour vérifier que ce à quoi je pense est bien faux.

– Je vais m'installer sur le petit matelas sous ton lit. Celui où dort Pauline lorsqu'elle passe la nuit à la maison, ma chérie.

Oh, non ! ça veut dire que, pendant dix jours, il faudra que je fasse semblant de dormir dès neuf heures et que je me prive de lecture à la lueur de ma lampe de poche ? J'aurais volontiers cédé mon lit à Chiara, mais partager ma chambre avec maman, la galère !

Heureusement, ma déception ne dure pas trop longtemps car Régis, le réalisateur, et Jean, le décorateur, arrivent.

Régis s'adresse à Jean et maman :

– Il y a trop de lumière. Pour les scènes de la taverne, je veux tourner près du mur en pierres et de la cheminée. Il faut calfeutrer les fenêtres du rez-de-chaussée, sans oublier la porte d'entrée. Il faudra aussi débrancher la sonnette et le téléphone lorsque je tournerai.

Maman acquiesce. Elle semble comprendre de quoi il parle. Puis il pose le regard sur moi et m'adresse un grand sourire :

– Bonjour. Léo, c'est ça?

– Léa! je réplique en le fixant de l'œil le plus sombre que j'ai en stock.

– Oh! Pardon. Viens avec moi, Léa, tu vas m'aider.

Et voilà comment je deviens assistante, moi aussi.

– Nous sommes en équipe réduite, m'explique Régis.

C'est ça qu'il appelle une « équipe réduite »? Ils sont au moins une vingtaine à emplir la maison de matériel et à tirer des câbles dans tous les sens!

– D'habitude sur un plateau de cinéma, les techniciens sont beaucoup plus nombreux, continue Régis. C'est pourquoi j'ai besoin de toi, si tu veux bien.

J'accepte d'un mouvement de tête.

– Une des scènes les plus importantes du film sera tournée dans ton salon. Hortense, l'héroïne, vient de perdre sa mère et, comme elle est très pauvre, elle travaille dans une taverne. Le gentilhomme auquel elle apporte du vin lui apprend qu'il est son parrain et lui propose de l'emmener à la cour du Roi-Soleil. Nous avons déjà tourné pratiquement tout le film en studio. Nous devons maintenant transformer cette partie de la maison en taverne du XVIIe siècle.

– D'accord, je dis sans vraiment comprendre ce que je dois faire.

– Enlève les lampes, les vases et les coussins et mets-les dans une caisse s'il te plaît.

Ravie de tenir un rôle dans cette organisation, je m'exécute aussitôt, tandis que Régis et un technicien emportent nos meubles dans le garage.

Quant à maman et à Jean, le décorateur, ils tendent un grand plastique noir sur les vitres du salon qu'ils fixent avec de l'adhésif afin de reconstituer l'atmosphère d'une taverne.

Je m'applique à soulever les pieds pour ne pas trébucher sur l'un des câbles ou me cogner dans un escabeau.

Au bout de deux heures de travail acharné, Régis semble satisfait.

Pour vous décrire l'ambiance, il fait aussi sombre que dans une grotte, vous imaginez un peu ?

– Parfait ! marmonne Régis.

Je jette un coup d'œil alentour. Notre maison est métamorphosée : une vieille table et des bancs ont remplacé le canapé devant la cheminée. On se croirait vraiment dans une taverne, il ne manque plus que les clients et la servante.

Tête d'affiche

Régis branche les projecteurs et règle la lumière afin qu'elle ne soit pas aveuglante. Le décorateur dépose des pichets, des verres et des bougeoirs autour de la cheminée. Maman l'aide en cachant les prises électriques. J'observe un technicien qui installe la caméra lorsque la porte de la maison s'ouvre. Plusieurs personnes entrent sans frapper.

Un homme, une femme et une jeune fille s'avancent. C'est curieux, j'ai l'impression de les connaître. L'adolescente parcourt la pièce du regard et c'est alors que je comprends qu'elle est… c'est… oh ! j'attends ce moment depuis… Eh bien voilà, c'est Chiara.

L'actrice célèbre, celle qui a eu la chance de tourner des tas de films et qui a remporté un César. Chiara dans MA maison!!!

Je triture le rouleau de scotch noir que j'ai ramassé par terre. Je danse d'un pied sur l'autre. Je mâchonne ma langue. Il faut, je DOIS trouver quelque chose à lui dire.

« *J'adore ce que vous faites.* » Naze, nul, idiot, terriblement commun.

« *Tu es mon actrice préférée.* » Ouais, ça sonne fayote et puis-je la tutoyer?

« *J'ai vu tous vos films.* » Bof, ce n'est même pas vrai, parce que certains sont interdits aux moins de douze ans. (Elle a joué dans *Ton pire cauchemar*, il paraît qu'elle est sauvagement assassinée à la quatorzième minute, d'après Tagada, qui n'a pas vu le film non plus, mais qui dispose d'un grand frère amateur d'horreur...)

Elle avance dans la pièce. Elle est beaucoup moins grande que je ne l'imaginais. À peine trente centimètres de plus que moi. Elle n'est pas maquillée. Elle porte un jean et un tee-shirt, comme une lycéenne normale. Tout d'un coup, elle pose son regard sur moi et me sourit.

– Salut !
– Euh... salut ! je réponds d'une voix à peine hystérique.

Charline arrive et s'exclame :
– Ah, vous voilà ! Je vous ai fait venir pour les derniers essayages. Les costumes sont là. On commence peut-être par Chiara ?

Le couple acquiesce et Charline enchaîne :
– Léa, je te présente Emmanuelle Olliver, qui tient le rôle de la mère d'Hortense...

Ah ! je comprends pourquoi il me semblait la connaître ! Elle a joué dans une pub pour un chocolat qui est trop bon !

– ... Édouard Letournier qui joue le parrain... continue Charline.

Lui, c'est le commissaire de la série que je n'ai pas le droit de voir parce que maman la juge trop violente pour mon âge. Pfff ! Y a plein d'élèves de ma classe qui la regardent !

– ... et... poursuit Charline.

– Chiara, je murmure malgré moi.

– Et Chiara, notre rôle principal, confirme Charline avant de préciser pour les nouveaux venus : voici Léa, la fille aînée de Laurence.

Emmanuelle et Édouard me sourient gentiment, tandis que Chiara se dirige déjà vers la chambre de mes parents après un nouveau petit signe de la main.

J'ai été lamentable. La porte de la chambre des parents se ferme, et je reste plantée devant comme un piquet ! Soudain, la tête de Chiara apparaît. Elle me propose :

– Ça te dirait de venir ?

– Je... je peux ? je bafouille.

Lamentable, je vous confirme !

– Bien sûr ! me répond-elle.

Je m'approche à pas lents, elle saisit ma main et me tire à l'intérieur de la pièce. Chiara me tient la main !

À peine si je reconnais la chambre de mes parents. Un immense miroir entouré d'ampoules trône devant la fenêtre, les meubles sont regroupés dans un coin, un paravent occupe un angle et des portants s'alignent le long du lit plaqué au mur.

La costumière s'appelle Béa. Elle porte de curieux bracelets en mousse à chaque poignet, sûrement des bijoux design ! Avec mille précautions, elle retire des vêtements d'une housse en plastique.

Chiara passe derrière le paravent, en ressort en sous-vêtements.

— Euh, je peux sortir si vous voulez, je propose.

— Non, reste ! s'écrie Chiara.

Vous vous rendez compte ? Chiara veut que je reste !

— On est entre filles, et j'ai une petite sœur de ton âge, ajoute-t-elle.

Ah bon ? Pour moi, c'est un scoop, je la croyais fille unique. Est-ce que Tagada sait qu'elle a une petite sœur ?

Béa aide Chiara à enfiler une sorte de jupe, puis un chemisier blanc.

– Allez, au tour du corset, à présent, décide la costumière.

Béa tire sur les lacets du corset si fort que Chiara suffoque. Une vraie séance de torture.

– Fallait souffrir pour être belle à l'époque, hein ? constate Béa.

Chiara s'applique à respirer. Au bout de quelques secondes, elle me souffle :

– Moi aussi à ton âge, j'étais un vrai garçon manqué. C'était plus confortable.

Quoi ? Moi, garçon manqué ? Pas du tout, c'est ma mère qui... Ouais, c'est vrai je ne suis pas trop fana des robes et des fanfreluches, je laisse ça à Tagada. Et puis les cheveux longs, ce n'est pas pratique...

J'ai un point commun avec Chiara, on est des garçons manqués, waouh !

– Comment tu me trouves ? me demande-t-elle avec une moue.

– C'est bien ce que je pensais, soupire la costumière.

Elle farfouille dans ses bracelets et en retire une série d'épingles avec lesquelles elle raccourcit la jupe qui traîne par terre.

– Tu es magnifique ! je m'extasie.

Je ne sais plus trop si j'ai Chiara ou Hortense devant moi. C'est incroyable comme un simple costume peut changer les gens.

Dès que Béa lui permet de retirer sa tenue, Chiara court remettre son jean.
– C'est chez toi ici ? me questionne-t-elle.
J'éprouve soudain un grand besoin de me justifier. Chiara est habituée aux palaces, ma maison doit lui sembler minable.
– Ouais, je réponds la tête basse.
– C'est chouette ! J'aime bien la vieille cheminée et puis le rosier devant la porte.
Elle dit ça pour être sympa, ou quoi ?
– Maman est dingue des rosiers. Il y en a plein dans le jardin, je réplique.
– Montre-moi ça ! décide Chiara.
De nouveau, elle me prend la main. Je suis aux anges.

Je l'entraîne derrière la maison. Nous nous glissons le long de la caravane. Alors que le soir commence à tomber, je m'ordonne d'oublier mes devoirs pour demain. Ce n'est pas tous les jours qu'une star hollywoodienne rend visite aux fleurs du jardin de maman, ma maîtresse comprendra !

— Ta mère ne travaille pas ? me questionne Chiara.

— D'habitude si, mais elle est au chômage depuis quelques mois. Alors elle a décidé de louer la maison, pour « gagner un peu d'argent de poche » comme elle dit.

— Tu l'as pour toi toute seule, alors !

— Euh, non pas vraiment. J'ai deux petits frères, des jumeaux.

— Super ! Ils sont où ? On va les voir !

Waouh ! quand elle a une idée, Chiara, il faut suivre. Je n'ai pas le temps de lui préciser que mes frères ne valent pas le détour qu'elle repart en courant vers la maison.

Comédie dramatique

Après la récréation du matin, la maîtresse nous demande de sortir nos cahiers de conjugaison et de les ouvrir à la page des exercices.

Je me tortille sur ma chaise, j'aurais dû prévenir Mme Flavio en arrivant en classe ce matin que je ne les avais pas faits.

Elle avance entre les rangs, le stylo rouge dégainé. Mon ventre se tord, et plus elle se rapproche plus la sueur perle sur mon front. Je suis plutôt une élève assidue d'habitude.

Lorsqu'elle parvient à ma hauteur, je m'applique à regarder en direction de la fenêtre afin de ne pas croiser son regard.

– Je ne vois pas tes exercices, Léa, constate-t-elle.

Moi qui espérais que ma bêtise passerait inaperçue, je suis servie.

Une vingtaine de paires d'yeux se braquent sur ma personne.

Mais ce sont surtout ceux de Tagada qui me picotent la joue.

Au prix d'un effort surhumain, je bredouille :

– Je ne les ai pas faits, madame.
– Tiens donc ? Et quelle excuse as-tu ?
– Il... il y avait du monde chez moi... je chuchote, la tête basse.

Mme Flavio soupire avant de gribouiller un mot sur mon cahier.

– Tu copieras cette phrase, et tu diras à ta maman de passer me voir un de ces soirs, compris ? ordonne-t-elle.

Elle a pris sa voix méchante, celle à laquelle il est impossible de répondre non, même lorsqu'on le désire très fort. Je hoche la tête et retourne mon cahier afin de découvrir ma punition. « Copier 50 fois : Pour progresser en conjugaison, je dois faire mes exercices. »

Bof, ça va, elle ne m'a pas trop assassinée, pourtant, une folle envie de pleurer s'empare de moi et mes joues virent au rouge brique. Être un cancre demande des qualités que je ne possède apparemment pas. Jusqu'à l'heure de la cantine, je m'arrange pour ne regarder personne.

Au moment où je me glisse dans le couloir du réfectoire, Tagada apparaît, les bras croisés sur la poitrine et la bouche tordue.

– Ça ne te ressemble pas de ne pas faire tes devoirs, remarque-t-elle.

Je l'ignore et m'absorbe dans la contemplation du menu du jour : carottes râpées, poulet rôti, haricots verts et tarte à la rhubarbe. Carottes, haricots, rhubarbe, je crois que ce n'est pas ma journée. Quand le cuisinier comprendra-t-il que ça ne plaît qu'à nos parents, ses repas emplis de trucs immangeables ?

— Je suis passée dans ta rue ce matin, elle est carrément énorme la caravane ! tente Tagada.

Je reste de marbre en me demandant si je ne pourrais pas prétexter une allergie aux légumes pour obtenir autre chose que des haricots avec mon poulet. Des frites, ce serait parfait...

— Tu reçois de la famille, c'est ça ? retente Tagada.

Elle peut toujours essayer, je resterai muette comme une tombe. Je ne vois pas pourquoi je lui raconterais ma vie, on n'a rien en commun, elle n'est plus mon amie.

— C'est à cause de tes cousins que tu n'as pas fait tes exos ?

Elle ne lâche jamais, elle ne pourrait pas m'oublier ?

— Ce ne sont pas mes cousins ! C'est CHIARA et l'équipe du film ! Et non, je n'ai pas fait les exos parce qu'on a discuté avec Chiara et qu'on a joué aux jeux vidéo avec les jumeaux !

Je n'ai pas crié, j'ai annoncé ça d'une voix sourde en serrant les mâchoires et l'effet est presque pire que si j'avais hurlé.

Tagada me fixe avec ses yeux de bonbon gélifié en secouant la tête.

– C'est nouveau, tu joues avec les jumeaux ? Tu ne leur cherches plus d'autres parents ?

Je hausse les épaules, si elle savait comme je m'en fiche de ses réflexions !

– Tu veux que je te dise ?

Évidemment, elle enchaîne sans attendre ma réponse :

– Tu deviens comme Cramouche, mon chat. Totalement asociale. Incapable de vivre en compagnie des autres. Pour Cramouche, le véto pense que c'est lié à son âge. Mais toi, tu n'as QUE trois mois de plus que moi, donc ça ne peut pas être ça…

Là, je ne me suis pas demandé si elle se moquait de moi ou si elle était sérieuse. J'ai foncé comme une furie.

– Ça ne t'est pas venu à l'idée que c'était TA compagnie qui me sortait par les trous de nez ? Tu me gonfles, Tagada !

Je dois avouer que Tagada a plutôt bien réagi. Elle a eu une petite grimace très moche et elle a gardé son sang-froid jusqu'au bout de la file. Ce n'est qu'au moment où je m'éloignais avec mon plateau à la recherche d'une place libre que dans mon dos elle a crié :

– Hé ! Léa Gautier ! Mâche bien tes carottes râpées, ça te rendra peut-être aimable !

Voilà comment je suis parvenue, en une journée seulement, à me brouiller de façon définitive avec Tagada et à récolter une punition. Je suis trop forte ! Vous croyez que je mérite un César ?

Arrêt sur image

En rentrant à la maison, j'ai le moral dans les chaussettes. En plus, il pleut, mes ballerines sont trempées et font « floc-floc » sur le trottoir.

J'ai absolument besoin d'un grand chocolat chaud et d'un radiateur.

Ah, ça c'est super adorable ! Charline, l'assistante, m'attend au bas du perron, à l'abri d'un parapluie. Une attention vraiment mignonne si vous voulez mon avis. Je me précipite vers elle et m'apprête à la remercier, mais avant que je n'ouvre la bouche, elle m'intime à voix basse :

– Chut, ils sont en pleine prise !

Je marque un temps d'arrêt. Elle poursuit :

– On ne rentrera que lorsque Régis me préviendra.

Et elle me désigne son talkie-walkie noir.

– Ta maison est peut-être un décor naturel formidable, mais la porte d'entrée qui donne directement sur la scène de la taverne, ce n'est pas l'idéal ! remarque-t-elle.

Comme si j'étais responsable de la disposition des portes, moi ! Je danse d'un pied sur l'autre, déclenchant les plaintes déchirantes de mes ballerines inondées. Charline leur jette un coup d'œil assassin. Je patiente un peu puis je m'enhardis :

– Euh, y en a pour longtemps à ton avis ?

– Chuuuutttttt ! s'énerve-t-elle.

Elle n'en fait pas un peu trop l'assistante ? Parce que :

1) J'ai chuchoté le plus bas possible, le niveau en dessous, c'est langage des signes.

2) Les voitures qui passent dans la rue, elle ne leur demande pas de se taire, à elles !

3) C'est MA maison et il est l'heure du goûter. Le goûter est un moment sacré lorsque les repas du self sont préparés par

un maniaque des légumes. J'hésite à lui montrer que moi aussi je sais m'énerver, lorsque maman arrive avec les jumeaux. Jumeaux qui sont en plein milieu d'une dispute, rien de plus normal, quoi.

– Je te dis que c'est moi, crie Téo.
– Non, c'est moi, hurle Tom.
– Je vous en prie, Laurence, faites quelque chose ! pleurniche Charline.

Aussitôt, maman plaque ses mains sur la bouche des garçons (ce qui atténue à peine la portée de leurs voix). Charline lève les yeux au ciel avant de contempler avec angoisse son talkie-walkie.

– Il va être fou, il va être fou, répète-t-elle.

Elle exagère, il n'a pas l'air d'un tyran, le réalisateur. Il m'impressionne moins que ma maîtresse. Maman ne se départ pas de son sourire et murmure aux jumeaux :

– Si vous vous taisez, on retourne à la boulangerie et je vous achète une pochette-surprise.

Instantanément, le silence s'abat sur nous.

– Tu nous accompagnes, Léa ? me propose maman.

Comme j'ai passé l'âge de sauter dans les flaques, je les laisse s'éloigner sans moi. Un grésillement assourdissant déclenche un sursaut de Charline et je pousse un cri de frayeur. L'assistante écoute avec attention la voix nasillarde qui sort du talkie-walkie.

– Des passants, répond Charline en détachant chaque syllabe.

L'appareil crachote de nouveau.

– Je ne vous entends pas ! articule Charline.

– Ce ne serait pas plus simple d'entrer et de se parler en direct ? je propose.

Elle me regarde avec des yeux comme des soucoupes. Je crois que je viens de dire une ânerie. À cet instant, la porte d'entrée s'ouvre à la volée et Régis apparaît.

– Je ne comprends rien avec ces machins, gémit-il.

Puis il pose son regard sur moi :

– L'école est déjà finie ? La vache, on est plus en retard que je ne pensais ! On a à peine avancé aujourd'hui !

Et il regagne la maison en ronchonnant.

J'en profite pour m'y glisser. Près de la cheminée, Hortense m'adresse un signe discret. Elle se tient debout, un pichet à la main. Je m'éclipse dans la cuisine alors que Régis frappe dans ses mains en ordonnant :

– Nouvelle prise, les enfants ! Moteur !

– Une orpheline à la cour. 337. 10ᵉ, annonce une voix.

– Ça tourne ! hurle Régis.

J'envoie valser mes ballerines et me sers une énorme tasse de lait.

Au moment où je me munis d'une cuillère, un cri de rage retentit :

– C'est quoi encore ça !!! Elle vient d'où cette sonnerie ???

Je passe la tête dans l'entrebâillement de la porte et je bredouille :

– Euh, c'est le micro-ondes… désolée.

Régis soupire en secouant la tête.

– Léa, laisse tomber ton goûter et viens avec moi.

Je m'approche à pas lents, je me demande ce qu'il me veut. Me donner une punition, comme Mme Flavio ?

— Je te présente Arthur, me dit-il en désignant un homme barbu. Tu vois ce que fait Arthur ? Eh bien tu vas faire pareil. Ainsi, tu participeras au tournage.

Et il me tend une grande plaque blanche que je dois porter comme ce fameux Arthur, au-dessus de ma tête. J'ai l'impression désagréable d'être une pom-pom girl bloquée sur pause. Juste avant que Régis ne se replace derrière sa caméra, Arthur me glisse :

— C'est un réflecteur. Pour intensifier la lumière sur le visage de Chiara.

Aussitôt, je corrige ma position afin que l'éclairage se reflète sur mon actrice préférée. J'ai une pensée pour mon lait fumant dans lequel je m'apprêtais à noyer une dizaine de cuillères de cacao, et je l'oublie.

Face à moi, un autre technicien brandit un micro au bout d'une longue canne. C'est le perchiste, maman me l'a expliqué. Il doit diriger le micro vers les comédiens sans qu'il se voie sur l'image. Ça n'a pas l'air facile.

Ensuite, il y a la script avec son bloc-notes à la main.

Et l'éclairagiste qui allume et éteint les projecteurs en fonction des ordres de Régis.

D'accord, c'est formidable d'assister au tournage d'un film.

D'accord, c'est extraordinaire de se tenir à moins de trois mètres de Chiara.

Mais…

C'est très long. Régis n'en finit pas de recommencer. Un rien le dérange : la pluie qui tombe trop fort, Chiara qui n'articule pas assez, Chiara qui ne tient pas son pichet exactement comme tout à l'heure, moi qui lâche le réflecteur…

– Chiara, pourrais-tu verser le vin moins vite, s'il te plaît, implore-t-il. Non, à la réflexion, c'était mieux avant. Verse plus vite et pose le pichet à côté de la timbale… Voilà ! Parfait ! Édouard, par contre, plus appuyé ton regard sur Chiara…

Je me demande s'il sait VRAIMENT ce qu'il veut, ce réalisateur ! C'est très pénible de ne plus bouger. Mes bras sont en papier mâché. Sans parler de mon estomac qui hurle famine, sous forme de glouglous très peu discrets. Enfin, alors que je vais me transformer en statue pour le restant de ma vie, Régis annonce :

– Coupez ! Elle est bonne, celle-là !

Ouf ! Pile-poil le moment que choisissent les jumeaux pour entrer dans le champ.

– Hou hou hou !!! Je vais te scalper ! hurle Téo.

– Dans tes rêves ! rétorque Tom.

– Ils ont eu des accessoires de cow-boy et d'Indien dans leurs pochettes-surprises, m'explique maman.

Comme s'ils avaient besoin d'un costume pour mettre le bazar, ces deux-là !

Western spaghettis

La script s'avance vers la caméra et recopie une suite de chiffres sur ses fiches. Je trouve que son travail n'est pas très drôle, elle doit sans cesse noter des tas de choses sans importance, du genre à quel endroit est posé le verre, ou combien de mèches de cheveux dépassent du chignon d'Hortense.

Arthur range des rallonges électriques et ne s'occupe plus de moi, alors je me débarrasse de mon réflecteur en le posant sur la table.

Ensuite les événements s'enchaînent à grande vitesse. Tom se précipite sur moi en hurlant à la façon d'un Indien.

Au même instant, Arthur me demande de lui rendre le réflecteur, que je saisis d'une main. Tom me frôle par la droite, je l'évite. Téo arrive par la gauche. Prise en sandwich, je recule. Je perds l'équilibre, j'essaie de me rattraper, en vain. Et je tombe à la renverse, au beau milieu du décor de la taverne.

Un boucan d'enfer m'enveloppe. Puis c'est le silence. J'en profite pour vérifier que je n'ai rien de cassé. Oups! ce sont des morceaux de pichets et de verres que je vois par terre? Par contre, je constate avec satisfaction que le réflecteur est intact.

La voix de Tom résonne dans le silence :

– C'est bon, on a eu la squaw!

Un hurlement de fureur envahit la pièce.

– Aah! Arrggghh!

On dirait le cri d'un pauvre fauve en détresse. Même les garçons cessent leur jeu de cow-boy et d'Indien pour se retourner. Ce n'est ni un lion ni un tigre. C'est Régis qui piétine sa casquette de rage.

Les techniciens, la script, Chiara, Emmanuelle, Édouard, Charline, maman, les jumeaux et moi, nous ouvrons des yeux ronds devant ce spectacle.

Régis exécute une curieuse danse en poussant des cris stridents. D'un coup, il s'immobilise et se tait. Son regard zoome sur maman et il lance d'une voix étonnamment calme :

– Je suis désolé, Laurence, trop, c'est trop ! Quand j'ai décidé de louer votre maison, il n'a jamais été question que vos trois gosses insupportables bousillent le décor !

De qui il parle, là ? Trois gosses ? Moi, je n'en vois que deux !

Dans le silence qui suit, chacun reprend ses activités.

C'est vrai, j'ai laissé tomber cet idiot de réflecteur, mais il est indemne, regardez !

D'accord mes frères sont envahissants, bruyants, et plein d'autres adjectifs qui finissent en « ant ». Pourtant, ce serait trop bête d'arrêter maintenant, Régis, voyons !

Je vous promets de bâillonner les jumeaux et de les oublier à l'école.

Je commence la muscu dès demain afin d'avoir des biceps aussi gros que ceux d'Arthur et de tenir deux réflecteurs à la fois.

Quant au micro-ondes et à ses bips-bips intempestifs, direction la poubelle.

Et je vais de ce pas crever les pneus de toutes les motos de la ville.

S'il le faut, je déploierai un parapluie géant au-dessus de la toiture.

Mais par pitié, Régis, n'abandonnez pas !

Voilà ce que j'aurais répliqué à la place de maman, au lieu de me taire pendant de longues secondes ! À croire que c'est elle qui s'est métamorphosée en statue...

Puis elle décrète dans un sourire :

– On va se faire une spaghettis-party, je suis sûre que ça va détendre tout le monde.

Un brouhaha de soulagement parcourt la pièce. Mon estomac n'est pas le seul à taper des pieds, je crois. Aussitôt, comme si la phrase de maman avait activé un feu vert, les jumeaux se jettent l'un sur l'autre :
— Rends-toi Visage-Pâle !
— Jamais Peau-Rouge !
Régis secoue la tête et s'affale contre une malle noire. Ils ont intérêt à être exceptionnels, les spaghettis de maman !

Chiara, toujours en costume, s'approche de moi et me glisse d'un air malicieux :
— La prochaine fois que Régis te demande de l'aide pendant une prise, donne à manger aux grenouilles que tu as dans le ventre et évite d'éternuer toutes les deux secondes !
— C'est lui qui m'a empêchée de goûter et je n'y peux rien si je suis allergique aux acariens ! je me défends, ce qui déclenche son rire.

En un peu plus d'un quart d'heure, maman concocte une superbe marmite de pâtes avec des sauces de toutes sortes. Les techniciens dressent des tréteaux sur la terrasse. Une longue table s'improvise sous le ciel redevenu bleu.

Nous nous installons et, quelle chance, Chiara s'assied à mes côtés. Pourvu que je ne lui renverse pas ma sauce bolognaise sur les genoux ! Elle a troqué son costume contre un jean à trous et un sweat confortable, mais tout de même.

– Après le repas, on peut regarder un film dans la caravane si tu veux, me propose-t-elle. Ça fait longtemps que je n'ai pas vu *Titanic* et c'est mon film préféré.

Je suis aux anges. On dirait qu'on est devenues comme les doigts de la main, elle et moi. Soudain, un détail me revient :

– Je ne peux pas, j'ai une punition pour demain.

– Une punition ? C'est top !

Elle se moque de moi, la star internationale, non ? Ce n'est pas très gentil... Elle reprend :

– C'est plutôt rigolo d'avoir une punition ! Ça veut dire que tu as fait quelque chose d'interdit en classe.

Je commence à la soupçonner d'être un brin dérangée lorsqu'elle ajoute :

– J'aimais bien l'école. J'avais souvent des punitions pour bavardage. Je suis sûre que tu es une pipelette, toi aussi !

Ouais, c'est exactement ce que je pensais, elle a dû prendre un coup de chaud sous les projos.

À ma droite, une conversation attire mon attention :

– Je suis désolé de m'être énervé si vite tout à l'heure, Laurence, susurre Régis.

– Ne vous inquiétez pas, je comprends. À moi aussi ils me sortent par les trous de nez parfois tous les trois, répond maman.

Comment ça TOUS LES TROIS ? Elle ne sait pas compter, maman !

– Vous savez quoi, Régis ? Dorénavant, je ferai goûter les enfants dans la caravane et j'attendrai votre accord pour pénétrer dans la maison. Ainsi, on vous dérangera le moins possible.

– Ça me semble parfait, ma chère Laurence.

– Quant à votre vaisselle cassée, ajoute-t-elle en se tournant vers le décorateur, je connais un brocanteur épatant...

– Formidable, on ira demain matin dans ce cas, décide Jean.

Bon, de ce côté-là, les spaghettis arrangent l'ambiance. Il reste les étranges symptômes de Chiara...

En coulisses

Une fois les spaghettis avalés, Chiara m'entraîne dans la caravane. Enfin, je ne sais pas si on peut appeler cela une caravane. La moquette est la plus épaisse que j'aie jamais foulée, la banquette ressemble à un gâteau au chocolat au moelleux incomparable, un écran plasma trône contre la cloison du fond. On croirait la version yacht de la roulotte. Chiara ouvre une porte et je découvre une salle de bains tapissée de miroirs.
– Waouh ! C'est superbe, je ne peux m'empêcher de souffler.
– Ouais, pas mal, lâche Chiara, mais c'est surtout mortel d'ennui !

Ouh là, là, c'est quoi ce coup de cafard ?

— En parlant d'ennui, il faut que j'aille copier mes lignes, moi !

— Non, reste ! Je vais te la faire ta punition.

Devant ma moue, elle ajoute :

— J'imite très bien les écritures. Va chercher tes cahiers, tu verras.

Je ne suis pas une tricheuse, mais je ne suis pas non plus du genre à contrarier une star de cinéma. Vous savez ce que c'est, les vedettes et leurs caprices, autant filer doux et se soumettre à leur volonté. Donc, je reviens hors d'haleine trois minutes plus tard avec mon cahier caché sous mon pull pour que maman ne remarque rien. Elle s'en fiche complètement, elle est en train de discuter avec le chef décorateur. Elle a même oublié les jumeaux, qui se lancent des poignées de spaghettis à la figure.

Après trois essais, Chiara me montre son œuvre. On croirait mon écriture de « pattes de mouche » comme dit Mme Flavio.

— Et voilà ! se rengorge-t-elle.

— Ouais, bravo ! Tu n'as plus qu'à le recopier cinquante fois et ce sera parfait ! je m'exclame. Enfin, si tu veux bien, j'ajoute.

— Oui, oui, aucun problème ! Ça m'amuse !

— Je peux en avoir une autre demain, si tu trouves ça aussi marrant, je propose.

Elle éclate de rire.

— Je ne t'en demande pas tant ! Tu vas me prendre pour une folle, mais, à mon avis, tu as de la chance d'aller à l'école.

— Quoi ? J'ai de la chance d'aller à l'école ? J'ai de la chance d'écoper de punitions débiles ? J'ai de la chance de supporter des heures entières de dictées pendant que tu passes tes journées sur les plateaux de ciné et tes soirées dans les palaces ! Tu te moques de moi ?

Elle se replonge dans mes lignes en silence. Je ne sais plus où me mettre après ma tirade, elle mordille mon stylo et réplique enfin :

— Ne te fâche pas, Léa, je me doutais que tu ne comprendrais pas...

Pourquoi ? Une pauvre petite Léa ne peut pas comprendre les pensées de la GRANDE Chiara ?

— D'accord, le côté punition et dictée, ce n'est pas terrible, continue-t-elle. Mais pour rencontrer des amis, on n'a jamais fait mieux que l'école. En tout cas, crois-moi, la télé et le ciné ne sont pas les meilleurs endroits du monde pour créer des liens...

— Ah ? Tu n'es pas amie avec d'autres actrices ?

Elle hausse les épaules.

— Si, un peu, comme ça. Mais si elles ont l'occasion de me piquer un rôle, elles ne se gêneront pas. Comment t'expliquer... Tu as bien une meilleure-méga-géniale-best-friend ?

— J'avais, j'ai plus.

— Comment ça ?

— C'est compliqué. Tagada a mis fin à notre amitié...

— Tagada ?

— Elle s'appelle Pauline, je la surnomme Tagada parce qu'elle est toujours habillée en rose, un vrai bonbon. On se connaît depuis la maternelle. Et si on est fâchées, c'est... pour des bêtises, je réalise soudain.

— Raconte !

— En fait, y a pas grand-chose à raconter, c'est juste qu'elle me prend pour une menteuse.

– C'est nul de se disputer. Moi aussi j'avais une meilleure amie depuis la maternelle, Noémie. Mais à cause des tournages, j'ai arrêté l'école. Au début, on se téléphonait, on s'écrivait. Peu à peu, elle a laissé tomber. Je n'ai plus de nouvelles depuis trois ans... J'échangerais bien la une des magazines contre une belle amitié ! En plus, c'est Noémie qui m'a encouragée à passer mon premier casting...

Je ne sais pas ce que vous auriez trouvé à répondre à cela. Mais moi, j'ai préféré me taire, parce que le regard de Chiara s'est perdu loin dans le vague et qu'il m'a semblé qu'il brillait un peu trop. Quelquefois, tout ce qu'on peut dire est forcément inutile et idiot.

Un long silence s'est installé avant que Chiara ne se redresse, me sourie et poursuive en reprenant la rédaction de ma punition :

— En plus, à l'école on peut rencontrer des garçons ! Je t'assure que je préférerais aller au lycée plutôt que de suivre mes cours par correspondance.

Et voilà. Les filles ordinaires rêvent de tourner des films pour rencontrer des beaux garçons au regard ténébreux, tandis que les actrices rêvent d'aller à l'école pour la même raison.

Elle est pas compliquée, la vie ?

— C'est comme tes petits frères, je les trouve adorables, je ne vois pas pourquoi tu veux t'en débarrasser, me glisse-t-elle.

— Chiara, les jumeaux sont TOUT sauf adorables, je réplique, intraitable.

— Tu dis ça parce que tu vis toujours auprès d'eux. Mais moi qui suis séparée de ma famille la moitié de l'année, je les trouve super !

— Si tu veux, je te les loue !

Nous éclatons de rire et un doux sentiment de connivence nous unit, quand soudain, on frappe à la porte de la caravane. Maman et Charline nous ordonnent d'aller au lit :

– Il est temps d'aller vous coucher, les filles, une longue journée vous attend demain !

Les adultes n'ont aucune notion de ce qui est important dans la vie. Faire passer l'école ou le travail avant l'amitié, c'est manquer cruellement de bon sens !

fan-club

Lorsque j'arrive à l'école le lendemain matin, Tagada a la mine complètement déconfite. Elle ressemble à un vieux bonbon mâchouillé.

Elle s'avance vers moi, et j'ai bien du mal à réprimer mon sourire.

Je sais, je suis cruelle…

– Léa. Ma mère a appris par la boulangère qu'un tournage de film avait bien lieu chez toi en ce moment…

– Tiens donc, je rétorque, en prenant soin d'adopter un air de profond ennui.

– Ça veut dire que tu ne m'as pas menti et que je te dois des excuses. Voilà.

Elle a parlé super vite en avalant une partie des mots. Si elle croit que je vais la laisser s'en tirer à si bon compte, elle se trompe grave.

– Voilà quoi, Tagada ?

– Ben euh, j'm'excuse, murmure-t-elle en admirant ses Nike roses à lacets roses.

– Ouais, je soupire en haussant les épaules.

Je commence à la contourner pour me rendre en classe. Elle pose alors sa main sur mon bras et me demande dans un souffle, la bouche en cœur :

– Tu pourrais m'avoir un autographe ?

Ah, oui, je vois, elle tente la grande scène de la réconciliation pour obtenir un autographe. Pas intéressée la copine, déjà !

– Un autographe de qui ? je questionne, feignant l'incompréhension.

– Ben, de Chiara, s'écrie-t-elle, les sourcils froncés.

(Je connais cet air, c'est celui qu'elle a lorsqu'elle me soupçonne de tricher au Uno, genre : « T'es sûre que tu n'as aucune carte bleue, vraiment ? »)

Et là, c'est comme si Régis avait ordonné « Moteur, action ! », la moitié des élèves disséminés dans la cour se rapproche de nous en hurlant :

— Oui, moi aussi, j'en veux un !!!
— Pour ma mère !
— Pour mon grand frère.
— Elle pourrait venir à l'école pour une photo ?

Devant cet afflux de fans surexcités, je recule vers le préau. Mes assaillants ne renoncent pas pour autant, certains arrachent des feuilles à leur cahier, comme si j'allais moi-même leur signer un autographe. Mme Flavio arrive de son petit pas énervé.

— Que se passe-t-il ici ? Vous n'avez pas entendu la sonnerie ? Mettez-vous en rang !

Pour une fois, j'apprécie le côté militaire de ma maîtresse. En deux secondes chrono, elle calme tous ces petits hystériques. Sauf Tagada. Pour la calmer, il en faut bien plus.

Dans le couloir menant à notre classe, elle n'en démord pas :

– Tu lui demanderas, hein ?

– J'essaierai d'y penser, je chuchote.

Elle lève les yeux au ciel et me pince le bras. Aïe, elle est malade !

– Ne me prends pas pour une nouille, Léa ! Promets-moi que tu lui demanderas !

Une idée me traverse alors l'esprit :

– Je ferai ce que je pourrai. Mais il faut que tu saches que ça exige beaucoup de temps les autographes, l'air de rien. Ou alors, il faut faire partie d'un club.

– Quel club ? s'empresse Tagada.

– Ben, un fan-club…

– Léa ! Peut-être souhaites-tu une nouvelle punition ? susurre Mme Flavio.

Je secoue la tête et me tais aussitôt avant de me précipiter à ma place, loin de Pauline.

Pourtant, dès que nous sortons en récré, Tagada me tombe dessus, elle a cogité pendant la leçon de calcul :

– Un fan-club, tu disais ? O.K., pour moi ça marche, on peut créer le fan-club Chiara de l'école de la Roseraie. Tu seras la présidente, et moi la secrétaire. Il faut qu'on trouve un maximum d'adhérents. On organisera des projections de ses films, des ventes de tee-shirts avec sa photo, des choses en son honneur, quoi.

– Ouais, ouais, ouais, si tu veux, je cède, avant d'ajouter : oublie pas, l'adhésion c'est 1,50 euro.

Tagada me scrute deux secondes et, au moment précis où j'ouvre la bouche pour lui expliquer qu'il s'agit d'une (mauvaise) plaisanterie, elle acquiesce :

– Tu as raison. Un club a toujours des frais. Et puis les stars ont l'habitude des cadeaux, il faut prévoir quelque chose pour elle… au moins un bouquet de fleurs.

– Elle adore les roses, je ne peux m'empêcher de révéler.

– Impeccable, un euro cinquante l'autographe et lorsqu'elle viendra rendre visite à notre grand club, on lui offrira des roses !

Ouh, là ! Je suis peut-être allée trop loin, elle s'emballe vite la petite Tagada ! Voilà comment elle part à la pêche aux adhérents durant la récré, me laissant plantée seule sous le grand platane.

À la pause déjeuner, son cahier de brouillon recense déjà près de cinquante signatures d'élèves « s'engageant à verser la somme demandée pour l'adhésion au FCRC (Fan-Club Roseraie pour Chiara), ouvrant droit à un autographe de la star ».

— Il faut que je travaille sur le projet pendant ce week-end, qu'on présente un dossier béton à Chiara, de façon à ce qu'elle nous choisisse comme fan-club officiel, ajoute Tagada. Je suppose qu'elle est tellement sollicitée ! Oh, Léa, c'est trop super !

Pendant que je mange son dessert, elle recopie la liste des membres du FCRC à mon intention.

À la fin du repas, euh… à la fin de mon repas, elle me la tend.

— Tiens, tu peux commencer à lui en faire dédicacer quelques-uns. Je pense qu'on n'en est qu'au début. Parmi les copains de judo de mon frère, j'en connais au moins quatre qui nous suivraient. Sans parler des collègues de maman.

— Et Cramouche, tu as inscrit Cramouche ? je demande dans un rire.

– C'est une idée géniale ! J'ai remarqué qu'elle était super calme quand il y avait un film avec Chiara à la télé.

– Tiens, Pauline, mange mes haricots verts, ça te fera du bien, il te faut des vitamines, je lui propose.

– Oh, t'es trop gentille !

Dans l'état où elle est, je pourrais lui demander d'encadrer un Kleenex usagé de Chiara ! Ils sont incroyables, les fans !

Action!

En rentrant le soir, j'ai l'impression qu'une soucoupe volante s'est posée sur le toit de la maison. Enfin plutôt DANS le toit. C'est une inondation de lumière, ça sort par les mille et un petits trous de la toiture, entre chaque tuile. C'est merveilleux et en même temps terriblement inquiétant car cela montre le manque d'isolation du grenier.

Je me fais violence pour monter au grenier sur la pointe des pieds. Les marches grincent un peu, oh, si peu que Régis n'entendra sûrement pas.

Lorsque je pose un orteil au sommet de l'escalier, la grosse voix de Régis crie :

– Coupez! C'est super les enfants, bravo!

Je pousse la porte et aussitôt je change d'époque. On se croirait VRAIMENT quelques siècles en arrière. Un lit minuscule aux draps grisâtres occupe le mur du fond, celui qui suinte d'humidité l'hiver (et que papa doit réparer depuis longtemps). Un bougeoir est posé sur une table bancale, une bassine en émail est renversée par terre.

La maquilleuse distribue des mouchoirs à Chiara (enfin, Hortense) et Emmanuelle afin qu'elles s'épongent le front, elles semblent épuisées. C'est vrai qu'il règne une chaleur suffocante dans ce grenier !

Régis m'adresse un clin d'œil et me gratifie d'une petite phrase que je décide de prendre pour un compliment :

– Bien joué Léa, je ne t'ai presque pas entendue monter l'escalier…

— Ils viennent de filmer la séquence durant laquelle la mère d'Hortense meurt, me glisse maman à l'oreille.

— Mais elle était déjà morte dans la scène qui a été tournée hier! je m'exclame.

Régis, qui décidément a des oreilles supersoniques, m'explique :

— Au cinéma, on ne tourne pas les scènes dans l'ordre de l'histoire, mais plutôt en fonction des décors. Au montage, l'histoire retrouvera son sens, tu comprends?

Oui, j'ai compris. Pourtant ça me paraît un peu bizarre, c'est comme si on lisait un livre dans le désordre.

— Et les acteurs, ils ne s'y perdent pas trop? je questionne.

— Ah ça, le mieux est de le demander à Chiara! Léa a une question à te poser! Bon, je vous laisse les filles, je vais visionner les prises, à plus tard.

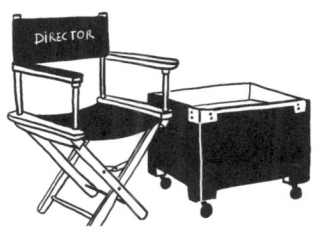

Il disparaît, Chiara me regarde, le sourcil levé.

— Salut ! Je voulais savoir si tu arrivais à t'y retrouver, comme l'histoire n'est pas tournée dans l'ordre...

— Oh, c'est une question d'habitude, me répond-elle dans un bâillement. Excuse-moi, mais je suis crevée, en plus j'ai suffoqué toute la journée dans ce grenier sordide. Je n'ai qu'une envie : prendre un bain !

Elle tourne les talons et me plante là, comme une vieille chaussette sale et trouée.

Et dire que j'ai aidé Tagada à créer son fan-club une bonne partie de l'après-midi ! Pas vraiment reconnaissante, la star ! Je lui cours après dans l'escalier et la rattrape chez la costumière (dans la chambre de mes parents, quoi).

— Euh, Chiara, tu pourrais signer deux, trois autographes pour des copains, s'te plaît ?

Elle soupire et lève les yeux au ciel.

— O.K., je passerai à la caravane en partant. Laisse-moi me déshabiller maintenant.

J'obéis, la tête basse, avec la désagréable impression d'être un jouet démodé.

Chiara me rejoint quelques minutes plus tard dans le palace-sur-roues. Elle ouvre un placard, se munit d'une liasse de photos et se laisse tomber sur la banquette.

– Bon, alors, ils s'appellent comment tes copains ? m'interroge-t-elle, le stylo dégainé.

Je déglutis, impressionnée par son air grincheux si éloigné de sa gentillesse des jours précédents. Qu'ai-je fait pour mériter ça ? Si j'avais su, je lui aurais apporté une nouvelle punition, ça l'aurait mise de bonne humeur.

– Euh un pour moi, d'abord, s'il te plaît. Ensuite un pour Tagada, enfin Pauline, mets Pauline plutôt, c'est son vrai prénom. Ensuite, il y a Romain, Quentin…

Je récite de mémoire puis je sors un papier froissé de ma poche.

– Après, on a Manon, Jennifer, Emma…

– Stop, stop, stop ! m'ordonne-t-elle. Qu'est-ce que c'est que ce papier, Léa ?

– C'est la liste de tes fans, enfin, ceux de l'école parce que Tagada doit rapporter la suite demain...

– Et tu t'imagines que je vais signer tout ça ? Il y a au moins cinquante noms sur cette liste !

– Ben euh oui... je réponds l'air penaude.

– Tu délires ! Je suis crevée, j'ai tourné toute la journée. Et une scène difficile en plus. Alors maintenant, je n'ai qu'une envie, me reposer. Ne compte pas sur moi pour passer la soirée à gribouiller des « bisous de Chiara » à une bande de mômes de huit ans !

Et elle lance en l'air le paquet de photos qui retombe sur nous en pluie.

Je me lève, la mauvaise humeur, c'est comme la varicelle, vachement contagieux.

– Eh bien, va te reposer ! Je les signerai, moi, tes autographes ! je m'écrie. Parce que les mômes de huit ans, eux, ils paient leurs places de cinéma pour TE voir sur grand écran, même les jours où ils sont épuisés !

– Fais-les, tes gribouillis, puisque ça t'amuse, murmure-t-elle.

Et elle quitte la caravane sans se retourner.

Quelle pimbêche !

Aussitôt, je me mets au travail. Puisqu'elle a réussi à imiter mon écriture pour la punition, je devrais parvenir à signer ses photos.

Au bout de quatre essais, j'estime que ma contrefaçon est acceptable. Après tout, même si ce n'est pas très ressemblant, ce sera le premier autographe de Chiara que ses fans verront, donc ils ne pourront pas comparer. Je passe l'heure suivante à balafrer la photo de la star d'un CHIARA énorme et vengeur.

Fondu enchaîné

Le lendemain matin, comme on est samedi, je décide de traîner un peu au lit. J'en sors à peine lorsque la sonnette retentit. Je descends juste au moment où maman ouvre la porte.

– Ah, Pauline ! Ça faisait longtemps que tu n'étais pas venue à la maison. Tu vas bien ?

– Oui, oui, merci, madame. Salut Léa, tu les as ? enchaîne-t-elle aussitôt.

Je suppose qu'elle parle des autographes, je hoche la tête. Maman nous regarde, intriguée, puis elle s'éclipse.

– Je vous laisse, les filles, je vais boire mon thé.

Dès qu'elle disparaît dans la cuisine, une silhouette se glisse derrière Tagada. C'est Romain, un garçon de la classe, puis Manon, puis Thibault et Lucie !

— Ils ont débarqué chez moi à huit heures et demie, en réclamant leur photo dédicacée, je n'arrive plus à les tenir ! me confie Tagada à voix basse.

J'ai à peine le temps de remonter dans ma chambre pour me munir des précieux gribouillis de Chiara que les « mômes de huit ans » envahissent la maison.

— Mais qu'est-ce qu'ils font tous là ? s'exclame maman.

— Ils voulaient voir Chiara, improvise Tagada.

— Quel dommage ! s'exclame maman. L'équipe tourne en extérieur aujourd'hui, dans un endroit tenu secret.

Les fans sont déçus, et Tagada me jette un coup d'œil assassin.

— Revenez un autre jour, les enfants, suggère maman. Léa, je vais à l'épicerie, tu surveilles tes frères, merci !

Il ne manquait plus que cela, avoir les deux terreurs sur le dos alors que je viens juste de me réconcilier avec ma copine ! Je suis maudite !

Dès que maman passe la porte, les quatre fans se mettent à piailler :

– Il est où mon autographe ?

– C'est pas grave si je donne l'argent que lundi ?

– J'pourrais en avoir un pour ma mamie contre un chewing-gum à la fraise ?

Je soupire, sors les photos de Chiara de ma poche et prends les choses en main :

– Bon, Tagada, tu encaisses l'argent et tu coches les noms sur la liste, moi, je distribue les autographes.

Dans une équipe, il faut un leader pour que tout marche comme sur des roulettes.

Au moment précis où Thibault tente à nouveau de placer son chewing-gum à la fraise :

– C'est un chewing-gum complètement neuf, même pas déballé, et mamie serait super contente d'avoir cet autographe.

… je sens un léger courant d'air dans mon dos. Je ploie les épaules, craignant que ce ne soit maman et qu'elle ne nous pose des questions.

Tagada, qui tourne elle aussi le dos à la porte, rétorque à Thibault :

– Le tarif, c'est le tarif. Si on commence à faire des exceptions, on croulera sous les réclamations !

Je m'attends à une vague de protestations de la part de nos quatre camarades, mais seul leur silence répond à Tagada. Je lève la tête de ma liasse d'autographes et je les vois, bouche bée, l'œil fixe.

Je n'ai pas besoin de me retourner pour comprendre, son image se reflète dans les lunettes de Manon.

Elle avance vers nous, pendant que je cherche en vain le moyen de fuir à toutes jambes. Une fois près de moi, elle m'écarte légèrement. J'ai un mal fou à ne pas avaler ma salive de travers.

Elle prend le stylo, puis elle se sert dans le paquet de photos neuves, avant de planter ses yeux dans ceux de Thibault qui devient plus écarlate que le rouge à lèvres de Mme Flavio.

– Elle s'appelle comment ta mamie ? questionne Chiara.

– Ma… Mari… Marité, bégaie Thibault.

Chiara balafre sa photo d'un énorme
« Bises à Marité, Chiara ! » avant de tendre
l'autographe au pauvre petit-fils de Marité.
Lorsqu'il s'en saisit, Chiara s'écrie :
— Eh ! Le chewing-gum !
Thibault farfouille dans sa poche et en
extirpe un maxi Malabar collé à son papier
d'emballage.
— Merci, murmure Chiara.
— Mer... mer... merci à toi, bafouille
Thibault, plus cramoisi qu'une écrevisse.

En grande professionnelle, Chiara se
munit d'autres photos et enchaîne avec les
autographes de Lucie, Manon et Romain.
Puis elle me tire par le bras et m'entraîne
dans la chambre de mes parents.
Une fois cachées dans la salle des costumes, elle me tombe dessus :
— Tu leur VENDS mes autographes ?

– Euh…
– En plus, ce n'est même pas moi qui les ai signés !
– Ben, euh…
– Et je peux connaître le tarif ?
– Un euro cinquante.
– Tu sais que tu n'es pas croyable ?
– Bon, Chiara, je suis désolée… je parviens à bredouiller.

Et là, elle éclate de rire. Je reste médusée. Est-elle en train de se moquer de moi, ou bien rit-elle par avance des blessures qu'elle va m'infliger ?

– C'est trop drôle ! articule-t-elle au bout d'un moment.
– Tu… tu n'es pas fâchée ? Vraiment ? je questionne.

En guise de réponse, elle secoue la tête. C'est quand même une excellente comédienne, j'ai cru qu'elle allait me passer par la fenêtre il y a deux secondes.

– Combien y a-t-il d'élèves dans ton école ? me demande-t-elle.
– Une centaine à peu près.
– De quoi te faire un peu d'argent de poche sur mon dos, quoi…

— Pas du tout ! Ne crois pas cela Chiara, c'est pour le fan-club, je me justifie, soudain envahie par une bouffée de honte.
— Un fan-club ? Vous créez carrément un fan-club ?

J'acquiesce d'un mouvement de tête. Elle enfourne le chewing-gum, qui semble très dur à la façon dont elle tord sa bouche pour le mâcher. Après une trentaine de tentatives infructueuses pour le ramollir, elle le crache dans sa main avec dégoût et déclare :
— Bon, Léa, les autographes, c'est moi qui les signerai, tu écris comme un cochon. Et je les apporterai directement à l'école lundi, ça marche ?
— Ça marche, Chiara, je balbutie, soulagée.
— Salut, à ce soir à la caravane. Y a pas école demain, on va se le regarder ce film, d'accord ? propose-t-elle.
— D'accord ! je hurle de joie.

– Invite Tagada, il y a de la place pour trois. Et puis, c'est ta meilleure amie…

En repartant, elle rend le chewing-gum à Thibault en lui disant :

– Si tu en as d'autres comme cela, un bon conseil, jette-les !

Puis elle sort avec un petit signe de la main dans un silence admiratif, que Tagada brise en s'exclamant :

– Quel caractère !
– Elle est super belle, murmure Romain.
– Elle est classe, ajoute Manon.
– Elle est cool, affirme Lucie.
– Vous croyez que je pourrai le vendre combien sur Internet ? demande Thibault en exhibant son chewing-gum rose gluant.

Gros plan

Vous avez déjà passé une soirée en chaussettes et pyjama entre copines, en regardant ce genre de film dont les garçons prononcent le titre en plissant le nez et en ajoutant un commentaire du style : « Un truc de filles » ? Oui, vous avez sûrement déjà fait ça en l'appelant soirée-pyj et compagnie, ouais, ouais, c'est banal.

MAIS vous ne l'avez JAMAIS fait coincée entre votre meilleure amie depuis la maternelle, celle qui parfois vous énerve encore plus que vos petits frères et qui en même temps peut être absolument géniale, ET une actrice internationale de sept ans votre aînée avec laquelle vous vous entendez à merveille les trois quarts du temps (sauf quand elle fait sa tête de star ou que vous décidez de vendre des photos de sa noble personne).

Bref, ma soirée pyjama a été mille fois plus géniale que toutes celles que vous pouvez imaginer !

Hélas, le cours normal de ma vie reprend ce matin avec l'école. On est lundi et j'ai une leçon de géographie.

J'ai horreur de la géo, je suis incapable de me concentrer trois secondes sur une carte et je ne parviens jamais à retenir les noms très compliqués des fleuves, des pays et des villes.

Bref, je préfère les week-ends à l'école, quoi qu'en pense Chiara. Surtout lorsqu'une horde de mômes m'assaille en réclamant à grands renforts de cris leur part de rêve ! Parce que ces inconséquents de Lucie, Manon, Romain et Thibault n'ont rien trouvé de plus intelligent que d'exhiber leur précieux autographe au milieu de la cour de récréation. Du coup, je me retrouve noyée sous une triple couche de mouflets.

– Qu'est-ce que c'est que ce bazar? tempête Mme Flavio.

Ce qui présente l'avantage de me libérer sur-le-champ de mes assaillants.

– Et c'est quoi cet argent? éclate-t-elle.

– Euh, euh, c'est pour Chiara, je balbutie, pour lui acheter des roses.

Devant son air interdit, je me sens obligée d'ajouter :

– C'est une actrice de cinéma et en ce moment...

– Oui, oui, je sais, Léa! Il se trouve que tu n'as pas vraiment la tête à faire tes devoirs car un film est en tournage chez toi. Je suis au courant.

Puis elle crie à la cantonade :

– Je ne veux plus entendre parler d'autographes et de fan-club de la journée, c'est bien compris?

Et sur ces mots, elle ramasse mon enveloppe alourdie de pièces de un euro et de cinquante centimes et disparaît sous le préau.

Y a vraiment des lundis où je préférerais être enfouie sous ma couette avec le nez qui coule et une fièvre carabinée ! Au moins, je saurais pourquoi je me sens si mal.

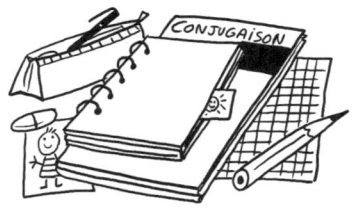

Trois heures plus tard, à la cantine, Tagada essaie de me consoler :
— Ce n'est pas si grave…
— Bien sûr ! Mme Flavio va juste révéler à maman que j'ai ESCROQUÉ l'ensemble des élèves. Je serai par conséquent punie une vingtaine d'années. Merci de me rassurer Tagada, je m'emporte pendant qu'elle avale ma purée et ma compote.
— Ch'uis chûre que cha va ch'arranger, répète-t-elle la bouche pleine.

Moi j'suis sûre qu'elle ne devrait pas s'empiffrer comme ça, la purée ce midi semble suspecte. Alors que nous rapportons nos plateaux, le cuisinier nous apostrophe :

– Ah! je vois que vous avez apprécié ma purée de céleri!

– Du céleri! s'exclame Tagada en faisant mine de vomir.

J'éclate de rire. Finalement même dans les journées les plus nulles, il y a des moments réjouissants! Mais ils ne durent guère parce que nous franchissons à peine la porte de la classe que Mme Flavio tape dans ses mains et annonce :

– Sortez vos cahiers, interrogation surprise de géographie!

Oh non! Et moi qui reprenais espoir!

– Répondez à la question suivante : dans quel pays se situe Hollywood?

Pour une fois la géo me semble hyper méga facile. Je pose mon stylo après avoir rédigé la réponse. Mme Flavio s'adresse à moi :

— Léa, qu'as-tu écrit ?

Je me racle la gorge et, très fière de pouvoir briller dans cette matière si obscure pour moi d'habitude, je déclame :

— Hollywood est une ville des États-Unis, célèbre pour ses studios de cinéma.

— Bien. Vous êtes tous d'accord avec Léa ?

— Ouuuuiiiii, claironnent mes camarades.

— Eh bien, vous vous trompez les enfants. Parce qu'aujourd'hui, Hollywood est ici ! jubile Mme Flavio.

La maîtresse se précipite sur la porte et l'ouvre à la volée, révélant ainsi la présence de Chiara, Régis le réalisateur, Arthur le technicien supercostaud qui m'a appris à tenir un réflecteur et... maman ! Qu'est-ce qu'elle fait là ? Y a erreur de casting !

— Puisque nous avons la chance de les avoir près de chez nous pour quelques jours, j'ai demandé à l'actrice Chiara et au réalisateur Régis Blanchard de venir nous parler de la façon dont un film vient au monde. Alors, levez la main avant de poser votre question.

C'est dans un joyeux brouhaha que Chiara s'avance dans les rangs et commence sa distribution de photos dédicacées, tandis que les élèves enchaînent les questions :
- Comment on écrit un scénario ?
- C'est quoi l'histoire du film ?
- Est-ce que le film fait peur ?
- Pourquoi vous tournez ici ?

Mme Flavio m'appelle discrètement. Je la rejoins près de son bureau, en me demandant ce qu'elle me veut. Elle ouvre le grand tiroir du bas et en sort un bouquet de roses absolument sublime. Elle me le colle dans les mains et se tourne vers Chiara :
- Avant que vous ne répondiez aux enfants, Chiara, Léa va vous remettre de la part de tous les élèves de l'école un petit témoignage de notre affection. Ce sont Léa et Pauline qui ont organisé la collecte, ajoute-t-elle en m'adressant un clin d'œil.

Je ne savais pas que Mme Flavio était CAPABLE de faire des clins d'œil !

Maman s'approche de moi et me glisse :

– Bravo, c'est une super idée, les fleurs.

– Merci, mais pourquoi es-tu là, toi ?

– Régis trouve que j'ai une aisance naturelle pour expliquer les choses. Le décorateur a dû repartir à Paris et comme j'adore tout ce qui touche aux décors, il m'a demandé d'intervenir.

Je dirais plutôt qu'il avait la trouille d'affronter Mme Flavio sans maman, le réalisateur…

Nuit américaine

Jamais de ma vie je n'ai vu autant d'élèves regretter la sonnerie de l'école. L'après-midi a filé à une allure folle.

Chiara a expliqué la façon dont elle parvient à entrer dans la peau d'un personnage et ainsi devenir quelqu'un d'autre devant la caméra.

Régis a répondu aux questions avec une patience de professeur de yoga (même à celles qui ont été posées plusieurs fois).

Arthur a fait mille allers-retours entre sa camionnette et la classe pour montrer : un réflecteur, une caméra, un micro, une perche, un moniteur de contrôle, une bobine, un clap et j'en passe.

Quant à maman, elle a exhibé des croquis confiés par le chef décorateur. Elle a aussi utilisé le stock de craies de couleur de Mme Flavio pour dessiner au tableau des robes et des perruques du XVIIe siècle. (La costumière a refusé de lui confier les costumes, elle avait trop peur qu'ils soient abîmés avant la fin du tournage!)

Malheureusement, tout a une fin et je rentre chez moi dans la camionnette avec Chiara pour moi seule. Enfin, je la partage un peu avec Tagada. Sous prétexte qu'on n'a pas de devoirs ce soir, elle s'est incrustée. Mais c'est moi l'amie de la célèbre actrice!

Lorsque nous atteignons la maison, Régis n'a pas de place pour se garer, car le trottoir est déjà occupé par… le camion de papa.

Aussitôt, maman passe en alerte rouge. Elle pose sa main sur le bras de Tagada et lui conseille :

– Mieux vaut que tu rentres chez toi ce soir, ma petite Pauline.

Tagada acquiesce et descend de la camionnette sans se faire prier. Tous aux abris!

Je me précipite dans la maison tandis que maman se tord les mains. Je parcours les pièces sans trouver la moindre trace de papa. Je crains sa réaction, tout en brûlant d'impatience de le voir.

Chiara et Régis nous rejoignent.

– Votre voisine m'a gentiment ouvert son portail pour que je gare la camionnette, s'extasie le réalisateur.

– Ouais, ouais, elle est cool, la voisine, répond distraitement maman. Faut que j'aille chercher les jumeaux avant qu'elle ne craque, ajoute-t-elle plus pour elle-même que pour nous, sans bouger cependant.

Je monte les escaliers quatre à quatre, au cas où papa serait en train de compter les tuiles du grenier. Déjà qu'il a dû avoir une attaque en découvrant le pilier du portail ! Mais le grenier est tel que Régis l'a laissé : en bazar et datant de trois siècles.

Je redescends aussi vite que possible. Et c'est à ce moment-là que je l'entends. Le rire de papa est unique au monde et heureusement ! Un mélange de cri d'oiseau et de sonnerie de vélo, inimitable.

Lorsque j'arrive dans le salon, je lis sur le visage de maman qu'elle aussi l'a reconnu. Chiara et Régis se regardent, interdits, ne sachant sans doute pas décrypter ce bruit étrange et inquiétant. En passant devant Chiara, je lui glisse :

– C'est le rire de mon père.

– Oh ? Très impressionnant. Lorsque je tournais dans *Ton pire cauchemar*, l'un des méchants ricanait de cette façon...

Je l'entraîne au-dehors, maman sur nos talons. Mes oreilles ne m'ont pas trompée. Le bruit si incongru et curieux provient bien de la caravane. Et papa n'est pas le seul à rire, j'entends les trémolos clairs et haut perchés des jumeaux.

J'ouvre la porte à la volée et découvre papa vautré sur la banquette, les garçons sur les genoux. Ils ont endossé leurs déguisements d'Indien et de cow-boy, j'avoue qu'ils sont pathétiques !

– Salut ma grande, s'exclame joyeusement papa.

– Euh, salut, je réplique, un peu étonnée par son ton désinvolte.

Je m'attendais plutôt à ce qu'il dise : « #** §&, qu'est-ce que c'est que ce #**§& dans ma maison ?! ».

Lorsqu'il est en colère, papa est capable d'inventer les plus gros mots de la terre (et sûrement de la galaxie entière).

Maman me pousse et pénètre dans la caravane. Avant qu'elle n'ait le temps d'ouvrir la bouche, il se redresse et lui dit :

– Tu as vu, ma chérie, ce vieux western est vraiment fantastique…

Tom appuie sur les touches de la télécommande et l'écran géant se met en mode mosaïque, proposant plus de programmes qu'il n'est possible à un humain de regarder avec seulement deux yeux.

– Ouais, j'ai fait installer le satellite. C'est plus sympa pour les acteurs entre deux prises, intervient Régis.

Il avance vers papa, la main tendue, et poursuit :

– Je suis Régis Blanchard, le réalisateur. Je dois avouer que vous avez une famille formidable, monsieur. Un peu bruyante parfois, toutefois fort sympathique…

– Oui mais, contrairement à la maison, la famille n'est pas à louer, rétorque papa.

Devant nos airs consternés, et surtout en voyant la mâchoire de maman prête à se décrocher, papa s'empresse d'ajouter :

– Je plaisante ! Vous n'avez presque rien cassé, je crois.

Aussitôt Régis blêmit :

– Pour le portail, je suis très confus. J'ai demandé à votre femme de faire établir des devis, je paierai les réparations, bien entendu.

Papa balaie l'espace d'un revers de manche pour signifier qu'il s'agit là d'un détail sans importance. Puis il prend maman dans ses bras.

– On va vous laisser en famille, décide Régis.

– Moi qui passe ma vie sur la route, je suis époustouflé par une installation aussi luxueuse, marmonne papa d'un air rêveur.

– Vous n'avez qu'à en profiter, propose Chiara puis, avec un petit rire, elle ajoute : je crois que les costumes ont envahi votre chambre à coucher...

Elle est formidable, Chiara !

– C'est vrai, on peut ? s'écrient les jumeaux en trépignant.

– Bien sûr, vous êtes chez vous ! s'esclaffe Régis. Bonne soirée, à demain !

Papa nous attire contre lui avec tendresse.

– On va se mitonner une soirée d'enfer, propose-t-il. Film sur grand écran, doigts de pied en éventail, pizzas et glaces !

Les jumeaux hurlent de joie à nous rendre sourds. Maman en profite pour demander à papa, d'une voix minuscule :

– Tu n'es pas fâché ?

– Pourquoi serais-je fâché ? Tu as suivi ton idée, et je trouve que, mis à part le léger problème avec le portail, elle était bonne d'après ce que les garçons m'ont raconté. Depuis que je les ai récupérés chez la voisine, ils me rebattent les oreilles de ce tournage !

Papa n'est peut-être pas si ravi que cela de trouver la maison en bazar et des étrangers chez lui, mais je crois qu'il a compris que c'était très important pour maman...

– Et puis il était moche ce portail ! conclut-il. Bon, qui veut une pizza aux anchois ?

Clap de fin

Malgré le soleil radieux ce matin, j'ai l'humeur morose.

Pourtant, maman m'a autorisée à sécher l'école. Oui, c'est surprenant et immature de sa part, car nous sommes vendredi. Ce qui est encore plus surprenant c'est que Mme Flavio soit d'accord. Je le sais parce que je les ai entendues comploter au téléphone. Bref, je crois que maman et Mme Flavio copinent à fond la caisse.

Heureusement que je passe en sixième et que je n'ai plus que deux pauvres semaines à traîner mes fesses sur les chaises de cette vieille école primaire.

Mais aujourd'hui n'est pas seulement une journée sans école, c'est aussi le dernier jour du tournage. D'où mon moral plus bas que terre.

Chiara m'a promis qu'elle m'écrirait. Dans un mois, elle entame un film à Hollywood, et je pense que, soyons réalistes, Granville-les-Deux-Ponts à côté ne pèsera plus bien lourd. Elle rencontrera d'autres gens, elle oubliera vite Léa ainsi que ses deux frères à la noix. Peut-être se souviendra-t-elle du bon temps passé en ma compagnie dans la caravane, vautrées sur la banquette moelleuse à s'empiffrer de bonbons. Sincèrement, je n'en suis pas très sûre.

Pour moi en tout cas, cela restera un moment magique de mon existence. Je n'ai qu'un seul regret, que Régis ne m'ait même pas proposé un petit rôle dans son film. C'est vrai quoi, pour la forme, il aurait pu me le demander. J'aurais refusé bien entendu, car je n'ai aucune attirance pour ce milieu de lumières et de paillettes. En plus la carrière de comédienne ou de figurante ne m'intéresse pas le moins du monde...

— Moteur ! commande Régis.

Aussitôt, le silence règne. Durant quelques secondes, on n'entend plus que le vent qui agite les feuilles des arbres. Les comédiens sont très concentrés. La dernière scène du film se tourne aujourd'hui. Un moment chargé d'émotion durant lequel Hortense doit dire adieu à son parrain.

Je m'applique à enregistrer le moindre détail. Demain, le décor de cinéma aura disparu.

Chiara lance son ultime réplique :

— Quoi qu'il arrive, mon cher parrain, vous demeurerez toujours dans mon cœur.

— Ma chère enfant, la guerre nous éloigne, mais elle ne nous séparera pas ! répond la grosse voix d'Édouard.

Les deux comédiens échangent un regard intense puis, d'un geste plein de tendresse, Chiara se jette dans les bras d'Édouard.

L'équipe retient son souffle durant dix secondes, puis Régis déclame :

– Coupez ! La scène est parfaite ! Cette fois, on remballe, les enfants.

L'ensemble des techniciens applaudit alors à tout rompre, bientôt rejoint par Chiara, Édouard et Emmanuelle, la costumière, l'assistante, mes parents, et même la voisine. Moi, je ne parviens pas à m'y résoudre.

Chiara se précipite vers moi et me serre à m'étouffer. Il me semble que ses yeux sont un peu mouillés. Ce qui me réjouit de façon très honteuse ! Soudain, elle s'écarte de moi et s'exclame :

– Ah ! Léa ! Je suis contente !

Ah ? Oui, oui, moi aussi, je suis ravie que le film soit dans la boîte !

En fait, ses yeux ne brillent pas de tristesse. Ou alors c'est d'une tristesse très très lointaine.

– Je vais enfin revoir mes parents et ma petite sœur ! Elle te plairait beaucoup, j'en suis sûre !

Régis vient déposer deux baisers sonores sur ses joues.

— Chiara, je te remercie d'avoir donné vie à mon Hortense, travailler avec toi a été un véritable plaisir !

Je m'éloigne de quelques pas, les laissant à leur bonheur. J'ai l'impression d'avoir le cœur transformé en chewing-gum.

Durant les deux heures suivantes, la maison ressemble encore à une joyeuse ruche. Les caissons à roulettes s'entassent dans la camionnette. Nos meubles quittent le garage pour rejoindre le salon. Et la caravane ressort du jardin sous les indications de papa. Chiara part rassembler ses bagages à l'hôtel. Moi, je n'aide personne, seule dans mon coin.

Maman passe à mes côtés sans me voir et j'entends Régis s'adresser à elle :

— Laurence, réfléchissez à ma proposition. Vous avez un sacré coup de crayon, ce serait dommage de ne pas utiliser un tel don.

Voilà des années que je trouve que maman dessine plus que bien, et il faut que ce soit un type qui bosse dans le cinéma qui le lui dise pour qu'elle y prête enfin attention ! Mon avis ou rien, c'est à peu près pareil...

Soudain, une main s'abat sur mon épaule, je me retourne et me retrouve nez à nez avec Régis, encore lui.

— Léa, je commence à travailler sur mon prochain film... et, c'est rigolo, parce que je crois que... enfin, tu peux y réfléchir tranquillement... peut-être que tu corresponds à l'un des personnages...

J'avale ma salive de travers. J'ignore ce que l'on peut répondre à cela. « Oui merci, j'y songerai », ou « Non, non, la comédie n'est pas la carrière que je souhaite embrasser », ou encore « Hollywood, me voilà !!! ». Je n'ai pas le temps de choisir, parce que papa s'interpose en maugréant :

— On en reparlera le moment venu, Régis, qu'elle n'aille pas se monter la tête en chantilly ma petite fille, hein ?

Non, mais il me prend pour qui papa ? Comme si j'avais l'habitude de me faire des films !

– Oui, bien sûr, bredouille Régis, je vous appellerai pour l'avant-première de toute façon.

L'avant-première ? Il y aura une avant-première ? Enfin une bonne nouvelle ! La tête de Tagada quand elle l'apprendra !

Dans l'après-midi, il ne reste presque plus de traces de notre aventure. Les techniciens et le matériel sont déjà en route pour Paris. C'est l'heure de la séparation, Régis et Charline tout d'abord, et puis les comédiens avant qu'ils ne partent à la gare en taxi. Sur le perron, Chiara, revenue exprès de l'hôtel pour la séquence des adieux, me glisse :

– Tu embrasseras tes petits frères pour moi lorsqu'ils rentreront de l'école. Alors promis, on s'écrit et en anglais ?

– Yes, yes, je réponds, la bouche sèche et le cœur gros.

Elle me tend une pile de DVD :

– C'est pour toi, la collection complète de mes films. Il y a même *Ton pire cauchemar*, à regarder en plein jour surtout ! Et puis, j'ai ajouté *Titanic*, pour que tu penses à notre super soirée…

Je baisse la tête, incapable de soutenir son regard. Elle poursuit :

– Je ne vous oublierai pas. Si un jour Régis écrit un scénario inspiré de votre famille d'enfer, ce sera une comédie formidable, lâche-t-elle dans un rire.

Elle s'installe dans le taxi, elle me fait coucou, la voiture s'éloigne. Et je reste sur le trottoir, la main en l'air au cas où elle me verrait encore.

– J'arrive trop tard ? halète une voix dans mon dos.

Avec satisfaction, je réponds :

– Oui, Tagada, je confirme, tu l'as ratée de peu…

C'est vrai, quoi, l'amie de Chiara, c'est moi, non ? Soudain prise d'un affreux doute, j'ajoute :

– Faudrait peut-être que j'arrête de t'appeler Tagada…

Elle réfléchit deux secondes puis elle me lance :

– Je ne suis pas d'accord. Des Pauline, il y en a plein. Mais des Tagada, il n'y en a qu'une, moi. Être unique, ça me plaît!

– Si je fais des beignets, ça tente quelqu'un? propose maman.

Aussitôt, les jumeaux lâchent les mains de la voisine qui les a ramenés de l'école pour entrer. Boum, ils shootent dans un pot de fleurs, et paf, une jardinière en moins sur le perron.

– C'est pas moi, hurle Téo.

– C'est pas moi non plus, répond Tom.

Je me tourne vers Tagada :

– Ça te dirait de regarder un DVD dans un endroit qui a servi de décor de cinéma?

– J'attendais que tu me le proposes, réplique-t-elle.

Et nous nous précipitons dans mon salon.

Générique

Avec, par ordre d'apparition :

Léa Gautier, 9 ans, (c'est moi !)

Laurence Gautier, maman

Téo et Tom Gautier, mes frères
(enfin pour l'instant)

Régis Blanchard, le réalisateur

Jean Dargent, le chef décorateur

Pauline dite Tagada, ma copine

Franck Gautier, papa

Charline, l'assistante du réalisateur

Chiara, la plus grande actrice du monde,
Hortense

Emmanuelle Olliver et Édouard Letournier,
la mère et le parrain d'Hortense

Béa, la costumière

Mme Flavio, ma maîtresse,
qui ressemble à un général !

Arthur, le technicien le plus costaud
du monde du cinéma

La script, le perchiste, l'éclairagiste

Les techniciens

Les fans Thibault, Romain, Lucie, Manon
et tous les élèves de l'école de la Roseraie…

P.-S. :
Si vous connaissez des personnes
susceptibles d'adopter les jumeaux,
contactez-moi vite,

MERCI !

TABLE DES MATIÈRES

Une idée trop géniale !..................7
Erreur de casting..........................15
Scénario catastrophe....................23
Mises au point..............................31
Version sous-titrée........................39
Bande-annonce.............................47
Planter le décor............................57
Tête d'affiche................................67
Comédie dramatique....................75
Arrêt sur image.............................81
Western spaghettis.......................89
En coulisses..................................97
Fan-club......................................105
Action !.......................................113
Fondu enchaîné..........................121
Gros plan....................................129
Nuit américaine..........................137
Clap de fin..................................145

Générique...................................154

☁ L'AUTEUR

Cécile le Floch est née dans la Nièvre en 1970. Elle a longtemps vécu près de Paris avant d'avoir une folle envie de changer de décor. C'est en Bretagne qu'elle est à présent installée avec ses trois filles, ses chiens, ses chats, ses chèvres et son ordinateur, acteurs d'un quotidien bien rempli.

Grâce à son activité de correspondante de presse, elle a eu la chance d'assister au tournage d'un documentaire avec des adolescents. C'est alors que lui est venue l'envie d'inventer une histoire en lien avec le monde du cinéma.

Vous pouvez la retrouver sur son blog :
http://ccilefaitsonblog.over-blog.com

☁ L'ILLUSTRATRICE

Née à Montpellier d'un père français et d'une mère norvégienne, **Isabelle Maroger** a dès son plus jeune âge gribouillé partout et sur tout, de préférence sur les rideaux du salon, sur son petit frère, sa grande sœur, son chien et son chat... Cela lui a réussi car elle a poursuivi ses hautes études de gribouillage dans une vraie école de dessin, l'école Émile-Cohl de Lyon.

Désormais elle illustre des livres et des magazines pour enfants ou femmes chic. Elle aime créer des images graphiques et qui donnent le sourire:)

Isabelle Maroger vit à Lyon.

Retrouvez la collection
Rageot Romans
sur le site www.rageot.fr

Achevé d'imprimer en France par Hérissey en août 2010
Dépôt légal : septembre 2010
N° d'édition : 5211 - 01
N° d'impression : 114671